遊俠少年行

李潼／著　oodi／繪

遊俠少年行　目錄

在樣品棺材午睡的阿塗師。

我媽癱軟在樣品間——阿塗師午睡的棺材木架下，她兩腿一伸，不省人事。我丟了書包奔過去，板仔店外的閒人也擠進來，分兩批，一批罵阿塗師：「你什麼所在不好睡，睡棺材。你要把鴛鴦的命收去是不？惡人無膽，你也不是不知。唉，暈暈死死，你看要怎麼辦？」一批幫我攙扶全身垂軟的媽，幫她抓後頸的筋路。

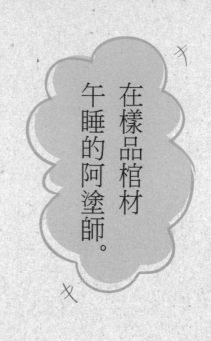

聽到是我媽的叫聲，從板仔店外傳進來：

「阿祥啊，阿祥——」停一會兒：「我家阿祥有沒有在內底？」

我媽的叫聲，向來敲鑼捶鼓，這回卻叫喚得這般溫柔，沒趁勢叫完，還改了問話，像誰在店門和她應答。

白蓮社板仔店，是一列長長的「火車屋」。我們洄瀾港的房子，除了公家的日本式宿舍和阿美族的高腳屋，大多是這款窄間的「火車屋」，但長得像白蓮社板仔店這款規模的，還不多見。

從店門亭仔腳到最裡面院子的廁所，要經過板仔樣品間、兩節工作間、天井院落、神明廳、起居室、兩節睡鋪房間、有手壓汲水幫浦的曬衣院落、廚房燒水間、板仔倉庫間和葡萄架院落，整十二節、至少八十公尺。

我常想，要是板仔拉肚子，他怎麼憋忍從亭仔腳衝到最裡面院子的廁所，解好褲頭蹲下去，沒漏半滴在褲底？

這回，板仔是我們幾位遊學班的班主，由他作東，邀我們來他家寫功課。我和板仔、板擦、彈珠王和瓦歷斯，就在採光和通風特好的板仔倉庫間用功。

板仔的本名叫林大吉，他老爸正是「鼎鼎有名，一見大吉」的白蓮社板仔店老闆阿塗師。我們叫他板仔，因為林大吉是這家老店的第六代傳人。我們班上最粗勇的板仔，大概從小幫忙扛那些真材實料的板蓋和板身，人沒給扛矮，反倒像隻鐵牛。他生得超級粗勇，其實為人很和氣，甚至太客氣，像這回來板仔店做功課，若不是我們一再要求，他還會推拖一大堆理由。

不管誰來這裡找人，我都不能回話，這有兩個原因：

如果是我媽找人，一回話，她會即刻命令我收攤回家。

阿塗師交代過：誰的名字給在板仔店叫喚，絕對不可回說：「我在內底」，最不得已也只能說「外口等」，而且，聲音不可太大，會「吵死人」。

我媽怎麼這麼厲害，我們第一次來白蓮社板仔店遊學做功課，就給她查出來，親臨店外叫門。難道是什麼小鬼去通報她？

阿塗師說：「回話聲音不可太大。」這大小怎麼分？我人在「火車屋」最末一節的倉庫間，不放開嗓門回話，我媽哪聽得見？我移去前節的工作間或樣品間回話，不等於去「自首」。

在板仔倉庫間寫功課，天窗光亮，涼風習習，這裡多安靜，我們寫得多專心！無關緊要的問話，還是少應聲。

「阿祥啊，阿祥——」

怎麼又來了。

是我媽的聲音沒錯。

叫聲穿過十二節屋間，穿過那樣平擺的和斜豎的板仔，愈聽愈幽渺，還真有些恐怖。我的名字取得再吉祥，給她在板仔店外這麼叫喚下去，她也不怕把我喊沒了！

板仔看我，板擦和瓦歷斯也沒吭聲。彈珠王卻說了：

「出去跟黃媽媽說一下，不要這樣喊，阿塗師在睡午覺，把他吵醒，他會找斧頭的。算了，我看阿祥回家算了。」

什麼算了？

好不容易說動板仔，讓我們來他家的板仔店遊學做功課，作東的板仔沒催我回去，輪得到彈珠王說話？儘管我是他彈珠王寶座的第一殺手，他哪能在這時趕我走人？

「你出去跟我媽說，請她不要一直喊，我沒事，天黑前會回家。要不，你代替我回去。」

「我爸睡著，要打夠呼嚕才會醒。他還沒開始打呼，吵不了他。」板仔說。

阿塗師躺進一具樣品板仔睡午覺，睡得安靜。

你知道「板仔」是什麼？

沒錯，「總有一天等到你」的棺材。（這首歌〈總有一天等到你〉也是白蓮社板仔店的店歌——板仔說的。）

白蓮社板仔店，賣的就是還沒使用的、全新的棺材。

這店的本名是「白蓮葬儀社」，不好叫。我們洄瀾港的人想不管它什麼名，都叫「板仔店」，內行的人，一聽就懂，不懂的外地人，給罵說：「這也不懂」，便也懂了。

我們這些人，整隊開拔到棺材店來做功課，是不是太恐怖了？

不，只是有點緊張，緊張和恐怖不太同款。恐怖會使人喪失理智，而緊張讓人專心，很有精神。今天是週末，我們相約來這裡，才過不到一小時，大半作業都快寫完了，這就是很好的證明。

在別所在遊學做功課，彈珠王和板擦都會喳呼喳呼，瓦歷斯沒事就想唱歌，來到白蓮社板仔店，我們好像走進金字塔墓穴或哪個皇帝、國王的陵寢，左看右看，都是棺材和掛牆吊壁的竹編別墅、紙糊電視、汽車和保險庫、珠寶箱。這些橫擺或斜豎的棺材，赤紅、艷黃、墨黑，顏色多，樣式和尺寸齊備。聞著木材、竹片和油漆的香味，我們多安靜！

「同學真的都來了？」

阿塗師和板仔安排我們在棺材倉庫間寫功課。這些斧鑿、刨削、砂磨過的二十幾口棺材，擺放這裡澈底風乾，等待上漆，所以倉庫間的通風和採光特好。

「這些板仔都是上好木料，多香！你們別打打鬧鬧，給板仔蓋壓著，我去睡午覺，你們自己來。後院有葡萄，自己摘。」

其實，板仔家只有一張小書桌，高不過我膝蓋，桌面滿是鑿痕，像磨斧頭、磨刨刀的工作檯。

板仔扛來兩張長條椅，卻找不到五張小板凳，我們叫他別忙了，半弧形、兩頭翹的棺材蓋，比我們教室課桌寬又長，那種未上漆的光滑細緻，更是課桌不能比。倉庫裡，八面棺材蓋都頂了木架，高度正合適。

板仔教我們坐在棺身的槽壁，他說：「半成品，可以坐，沒事。」我們初次來，覺得不妥當，於是一人趴住一面寬長的棺材蓋，站著寫功課，寫來是又快又好。

「阿祥啊，阿祥——叫不應，你還不回家是不？」我媽媽幽幽渺渺的叫聲又響起。

我媽是意志很堅定的女人，動口動手都不含糊。她和我老爸鬥嘴、打架，常是十八回合不分上下，每週一小吵，半個月一大吵，這陣子吵到要離婚。我要是被他們吵得考不上初中，事情不大條了？

九年國民義務教育已決定明年實施，我們是最後一屆考初中的畢業生，沒考上，我能去投靠什麼學校？這事想也不敢想！

看來，我媽不揪我回去不罷休。她在板仔店門外叫叫叫，料想是不方便進來，換個所在，依她的風格，不早一腳衝進來逮捕了。可這麼讓她叫下去，也不是辦法，再慢些，路過的閒人以為出了什麼事，在店門外圍觀，這也不好。

彈珠王熱心過頭，摸去神明廳打探消息，回來稟報：「黃媽媽抓一隻藤條，已進到亭仔腳了。」

「有沒有其他人？」

「不多，五六個人圍著看。」

這還不多？

「回家算了，反正也寫得差不多了。」板擦和瓦歷斯收拾簿本、鉛筆盒，我只好也跟著收。

「阿祥啊，阿祥——你是要跟人家學做板仔？躲在內底做啥？」

在入門樣品間棺材內午睡的阿塗師，真能睡，給我媽媽這樣喊叫也沒動靜，沒舉斧頭起來罵人。

我們擠擠靠靠走回到工作間，看見我媽已進到各式棺材環立的樣品間。她手持藤條，兩手臂貼腰，以弓箭步緩緩移動，像太空漫步那樣小心、那樣輕盈。我站在工作間暗處，看她睜眼看前顧後、左右張望，又用力吞口水。

她似乎捧出所有膽氣，第一次進到這麼安靜、這麼深邃的板仔店。可她才走這半間，便膽氣耗盡，再也走不進來。

我媽以原該威武卻走成躡腳貓型的弓箭步停住。

她提神振氣，憋著。我知道這是她每次大吼前的預備動作。果然沒錯，她拚力喊一聲：「阿祥！」

我們嚇退一步，以為店前、店後所有斜豎靠牆的板仔會給震倒。我扶牆，彈珠王抱頭，高個子板擦和阿美族原住民瓦歷斯緊貼我前胸和後背。

這時，我們都看到躺在棺材內午睡的阿塗師醒了。他仰臥起坐，從棺材內挺身坐正，赤手空拳的，也沒開口罵人，只那麼瞇眼一看。

我媽舉著藤條，來不及抽他一鞭，沒聲沒響的就這麼仰身暈倒在地。

「誰啊？睡一下也這樣吵吵吵。」

我媽癱軟在樣品間——阿塗師午睡的棺材木架下，

她兩腿一伸，不省人事。我丟了書包奔過去，板仔店外的閒人也擠進來，分兩批，一批罵阿塗師：「你什麼所在不好睡，睡棺材。你要把鴛鴦的命收去是不？惡人無膽，你也不是不知。唉，暈暈死死，你看要怎麼辦？」一批幫我攙扶全身垂軟的媽，幫她抓後頸的筋路。

彈珠王可惡，沒人找他幫忙，他來湊熱鬧，還敢在板仔店環牆的棺材間說：「怎麼這麼重？」這種不吉祥的話。

十個婦人九個胖，我媽儘管胖，可我沒想到她暈倒得這樣沉重。我拍她臉頰喊「媽」，和彈珠王一齊扶她坐起來，她卻歪歪倒倒的又要傾下去。

媽讓人抓筋拍背，似乎不太回魂起色。「肉太厚，抓不到筋路。誰去找冷毛巾給她敷面？唉，怎麼驚得這款凶重。」有人這樣呼喊。

要不是我跑來板仔店遊學，媽也不會受這驚嚇。看她武功盡失，我很害怕，也想不通，以最嚴格的標準來看，媽媽都算是俠女型的婦人，她和爸大車拚，鏢鍋鏟、射柴刀，一來一往很少屈居下風，怎讓阿塗師一個仰臥起坐就嚇倒？何況，阿塗師是媽的小學老同學，認識那麼久的人，再可怕也有限吧。

「這不是鴛鴦？我還沒罵她吵人，怎就躺這個樣？」阿塗師這回全醒了，人還坐在棺材裡，「你們這樣抓她無效啦，要抓人中和印堂，一抓就醒。」

阿塗師沒來得及施展他的回魂術，他雙手撐住棺身的槽壁，才抽身挺撐那麼半下，棺材底下的木架應聲折裂，他連人和棺材一齊坍翻落地。

這才真嚇人！「咚咚」一聲，我們的急救隊拖開媽媽。我媽給嚇暈已夠倒楣，若給那麼重的樣品棺材壓著，才真悽慘。我媽悠悠醒來，給嚇醒的。

板仔店內一團亂，翻滾的棺材沒人管，圍觀的閒人只管笑罵阿塗師。阿塗師辯說：「我乖乖在板仔內睡午覺，我惹誰？」很無辜、很倒楣的樣子。

我和板擦、瓦歷斯攙扶虛軟無力的媽回家。板仔幫我帶書包，彈珠王居然幫我媽撿回那隻藤條，甩馬鞭似的在前引路。

我媽一路沒罵我，直喘氣，深吸一大口氣，斷續吐氣。我知她元氣傷得重，否則不會這麼輕易放過我。

彈珠王撿回藤條是啥意思？這人欠踢。

我踢他後腳跟，踢得他踉蹌彈跳。他回頭問我怎麼了？還怎麼？我點下巴、歪嘴，使眼色，叫他把藤條扔掉！

彈珠王什麼時候迷糊過？他跟他當縣議員的爸爸一樣精，他根本裝迷糊，還大聲問：「你這麼難看是怎麼了？」又把那根藤條抽得咻咻響。

真正迷糊的板擦都看懂了，但他不該那麼大聲說：「叫你把它丟掉。」

「這個？」彈珠王高舉藤條，「多可惜，還這麼好用咧。」

媽媽被嚇成這樣，彈珠王還存心氣我，我終於嘗到憂急攻心的滋味。我瞪他一眼：「去找我爸爸回來，他在你家，說我媽這樣了……」我又狠狠咬一口嘴唇，意思是要他把藤條折斷。

「到底把誰丟掉？找你爸來把誰丟掉？」

我爸是彈珠王他爸的助選員，他爸要在年底競選連任，還差大半年，我爸就放著計程車不正經開，沒事耗在他家研究選戰、分析戰情，好像是他要出馬和人拚搏。這也是我爸媽吵架鬥嘴的主題之一，難道彈珠王和他老爸不必負一點害人責任。現在，他還跟我裝傻，又想保留「這麼好用」的藤條害我！

瓦歷斯大概也看不過了，但他實在不必說得這麼清楚，「阿祥要你把藤條丟掉，丟掉以前先折斷，不要害人，這也不懂？你很煩。」

我媽被嚇得虛弱無力，耳朵卻沒損傷，她說：「我還沒進『板仔』，誰敢這樣交代？藤條給我放好，放回門邊。」

「黃媽媽，對不起，我爸不是故意嚇你的。」板仔跟上來攙扶我媽。四個人合力攙扶，把她攙扶得像個楊貴妃或慈禧太后。「我爸有收驚的祕方，很有效的，他一定會把你的魂收回來。」

揮舞藤條引路的彈珠王，回頭又想說些什麼，我和板擦、瓦歷斯、板仔聯合眼力瞪他。這幾個人才是我真正的患難之交，哪像彈珠王這類交友不慎的損友！

彈珠王邊走邊回頭看我們的唇語。

丟掉啦！

折斷啦！

還不快！

再囉嗦，遊學班沒你的份！

我說彈珠王精得像鬼，半點沒錯。我們的唇語，他全看懂了，他不敢再那樣搖擺引路，慢慢落到我們後頭去。

我媽對這根「好用的藤條」有發落，但我們又另有指示，彈珠王不知聽誰的好。他活該，幹麼沒事將它撿回來？他幸災樂禍撿凶器，惹禍上身，當然要自行負責。

我們走著，聽見彈珠王在背後嗯嗯出力，知道他和那隻柔韌耐用的藤條拚命。十根藤條九根難折，他閒著，那就使力吧。

回到我家巷口的木橋頭，我們都聽見「咧——」一聲，很好聽的聲音，外加彈珠王吐得一口大氣，是一種懺悔的嘆息。

我放心了，可以全力為媽媽收驚。

祖傳祕方的收驚特效藥。

可我媽真就從那天起，氣息奄奄，精神恍惚。她無心管我，無力和我爸鬥嘴吵架，屋裡屋外的家事外務也不想做……我們班的同學，不也常嚇來嚇去，猛不妨從門後跳出來，在你背後吼一大聲；你在吃便當，他吃飽太閒，從桌底鑽出來扮鬼臉。我們吃一驚，打鬧一陣也就算了，哪會「心頭蓬蓬拆，不知誰要來收我的命」？

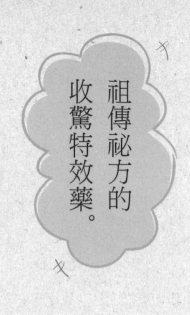

俠女型的媽媽回家後，鄰居的阿姨們，在最短時間得到情報，她們以最快速度趕來我家探望，我家的兩張長條椅和五張矮凳不夠坐，她們就在神明廳裡圍住我媽，要她在竹編躺椅澈底休息養神，可以說話，但不必比手畫腳。

媽媽的驚魂病情，比我想像得樂觀。

她向分批趕來的阿姨們敘述「被夭壽阿塗驚嚇」的過程，一次比一次說得詳細，對於晚來者的插說詢問，也能倒敘重講，跳接描述，再接回剛才進行的情節。

媽的記性也沒損傷。她不只記得所有情節，還記得在每次開頭以「都是板仔店那個夭壽阿塗」做開場白，以「我家那個阿祥無事到板仔店做功課，才害我這麼淒慘」做圓滿結束。

我比較擔心的是：媽的敘述，一次比一次驚險恐怖，從純粹的「人嚇人，驚死人」，說到第四次變成「板仔底起來一仙黑面的。不是阿塗，阿塗我怎會不認得」，第五次變成「我看到板仔店內，白影一仙一仙，有影無聲，飄來飄去。有的拖我腳、有的掐我脖頸、有的還搧我嘴，給鬼打的就是這款。」回家靜養，不就該心平氣和，穩住精神？怎好這樣愈說愈離奇，愈描愈黑暗，這對她身體不好。

我真想請這些鄰居阿姨們回去，別再這麼問東問西，勾起我媽痛苦的回憶。但媽媽的這些「師姊妹」們，向來相互照顧，相互排解家庭糾紛，共同抵禦外侮。她們來表示關懷，聽我媽的敘述，彷彿聽燕聲廣播電臺的「許文女士講古」，一聽再聽，沒回去收衣服、煮飯的半點跡象。我若插嘴勸她們，她們會不會覺得不過癮，反過來罵我？而我媽終於發現我也在現場，會不會提起精神大罵我一頓？

板擦的媽媽也來了。她和板擦長得一模一樣，白白、胖胖、高高的，快手快腳，很勤勞的樣子。「鴛鴦姊，你的臉色青筍筍，說是板仔店的阿塗嚇你的。阿塗這麼好膽，光天白日也敢嚇你。講給我聽，是怎麼了？」

板擦的媽，也是我媽的小學同學，在菸酒公賣局洗瓶場工作，成天不曬太陽，只沾水和扛酒瓶，她生得白胖是有道理的，但她洗酒瓶，能找誰聊天，訓練得一副流利口才？

板擦的媽口才好，但她更佩服我媽的能言善道，我就不只三次聽她對我媽說：

「將來，不管你家振坤，我家明發，還是板仔店的阿塗要出來競選議員，只要有我們兩人站臺助講，當他們的助選員，一定百發百中。」

我媽氣我爸不好好開計程車，氣他「痟選舉」，連帶把彈珠王一家都氣在一起，她哪會親自出馬，當誰的助選員？「你家明發，有你一個就千發千中了，還用得著我？這款鬧熱不要算我一份。」

板擦的媽，口才好，但眼光不好。這也難怪，成天洗酒瓶的人，看的是那些瓶瓶罐罐和霧濛濛的滾水，看不清的。

我媽又將「被夭壽阿塗驚嚇」的過程詳說一遍，我當然免不了再被數落一次。板擦的媽沒設法冷降我媽的火氣，反倒提起藤條，她說：「這些小孩天地不怕，什麼所在不好去，去什麼板仔店寫功課，一人抽他們一藤條，看他們敢不敢再去？」又說：「鴛鴦姊，你一定要保元氣，你一家都靠你撐著，別人能倒，你不能，知道嗎？驚嚇不是病，病起來要人命，米店那個『紅毛鬃』，不就給嚇出精神病？我看你還是去給變電所那個紅頭師公啷一啷，比較穩當。你看怎麼樣？我陪你去。替老同學服務一下，也是應當的，你對別人客氣，對我不必了。」

我媽想起來了，問說：「我那支藤條放哪裡去了？」

是板仔的媽媽救了我。

她適時來到我家，手提朱紅的竹編喜籃，一進門便直說：「真失禮啦，

鴛鴦姊。我家那個人，我已經跟他說過一百次，厝內寬闊，什麼所在不好睡午覺，一定要睡在板仔內。講不聽，現在嚇到人了！好在是嚇了你，換別人，不知要鬧多大條，我趕緊到『大三元』叫他們做一份豬腳麵線，一點意思，真失禮啦。」

板仔的媽在郵局賣郵票，周末下午還得上班。風聲傳到她那裡，知道板仔的爸嚇著洄瀾港有名的恰查某——俠女鴛鴦，特地請假趕來賠罪。

我家神明廳，一時飄浮麵香、蹄花香，彷彿要拜拜一樣。但就這麼不大不小一碗，指定孝敬我媽，其他人看得見，捧不到；聞得香，吃不到，給引得流口水，難過。

我不懂暈嚇才甦醒的人，還能有這麼些氣，我媽看人家把賠罪又兼有收驚去霉氣的豬腳麵線從喜籃捧出來，恭恭敬敬捧到她面前，她不僅看也沒看，別說接手，還一瞥臉，示意人家擺一邊去。

熱騰騰、香噴噴的豬腳麵線，果然給供奉在神案上，除了神明，平常人都沒份。

板擦的媽拉住板仔的媽到亭仔腳密商，兩人吱吱喳喳說著。一屋子的阿姨們安靜下來，專心聞香，耐心等候。也沒個識大體的阿姨出面勸我媽：「人家好意，你就笑納了，吃過對身體好。吃這種收驚麵，愈多人看愈好，沒什麼不好意思。」

板仔的媽回廳來，再度輕聲向我媽說話：

「鴛鴦姊，你一家都靠你撐著，別人能倒，你不能。有個收驚專用的祖傳祕方，不知你相信不相信，相信，一帖就有效。很簡單，鴛鴦姊若可試一試，拿只你常用的茶杯給我，我即便去討來。」

板仔的媽說得輕鬆，但一屋子女觀眾難得肅靜，於是格外清晰，清晰的像收音機的廣播。一屋子等著這「收驚專用的祖傳祕方」揭曉，就如等候愛國獎券開獎，只有我媽訕訕斜坐在竹編躺椅，半瞇眼，聽得無意。

「鴛鴦姊，是這樣啦。誰嚇到你，只要喝一杯他的嘴沫，無驚無病吃百二。」

「什麼？要我喝阿塗的嘴沫，一杯？」我媽又醒了。

一屋子的阿姨們驚笑，紛紛按胸口，推脖子，好像防止口水不慎吞下去。

怎麼有這種「祖傳秘方」？喝阿塗師的口水，還要滿滿一杯？阿塗師是「紅唇族」，成天檳榔喀滋喀滋的咬，吐紅汁外，沒事還呸的吐痰。喝平常人的口水已夠可怕，阿塗師的加料口水，誰敢沾一口？

「哪有這款祖傳祕方？你別呷好來相報，你想喝，多喝幾口，不要來找我！」

一屋子爆笑。

「不是一杯啦，只要一口，可以加茶水、加蜂蜜或牛奶。鴛鴦姊。你不要怕成這樣，有效最要緊，你可以調成綜合果汁或適合你口味的飲料嘛。」

「什麼？果汁？你家夭壽阿塗害我沒死，派你來做亂，亂給我死？」我媽按住胸口，吼一聲：「那碗，給我捧回去，我沒福分吃，也不敢吃。」

「鴛鴦姊，我專程請假過來回失禮，完全是誠意，你愛聽就聽，怎麼罵我？」

「罵你？你還想等掃帚？」媽恨恨找我：「阿祥，掃帚給我舉來。」原來她知道我沒走。

事情鬧這麼大，要費多少心神氣力？

我怎相信媽的驚嚇病情「不是普通嚴重」？

可我媽真就從那天起，氣息奄奄，精神恍惚。她無心管我，無力和我爸鬥嘴吵架，屋裡屋外的家事外務也不想做。她坐竹編躺椅發楞，給人喚醒，總哀訴「心頭蓬蓬拆，不知誰要來收我的命」。

我們班的同學，不也常嚇來嚇去，猛不妨從門後跳出來，在你背後吼一大聲；你在吃便當，他吃飽太閒，從桌底鑽出來扮鬼臉。我們吃一驚，打鬧一陣也就算了，哪會「心頭蓬蓬拆，不知誰要來收我的命」？

白蓮社板仔店的擺設，比較特殊，但那些全新的板仔，只要你不想太多，各色各樣，也沒那麼難看。不常細看的人也許緊張，但只要你多看兩眼，尤其勇敢的摸它幾下後，就會覺得很平常，覺得阿塗的手藝很不錯，才能把板仔蓋磨得那樣光滑細緻，讓板仔蓋和板仔身密合無間。我們可以保證，板仔店只是讓人有點緊張，不會很恐怖，要不，我怎能把功課寫得有頭有尾？

我媽沒多餘心力管教我，是不是我就能「輕鬆得爬上天」？錯了，正相反。

原本，我是交給一人專管，媽被阿塗師「破功」後，變得所有親疏不等的熱心人士都可以管我。整條木橋巷內的阿姨們，見我放學後在巷子走動，便說：「阿祥，你媽都這樣了，家事你就多做一點，不要成天只知道玩。」我守在家門的亭仔腳讀書，讀煩了，稍做發呆，哪個阿姨路過就說：「阿祥，想讀書就專心，不要只讓書看你。要不，趁早去洗澡，你這身髒兮兮，不知道的人以為你沒人要。」

板擦的媽專程陪我媽去找變電所的紅頭師公收驚，我和板擦陪去。

一路，媽沉默的像個病人，口才很好的板擦媽可逮到機會，教訓我也教訓板擦，翻來覆去說得不外「明年夏天最後一次初中聯考」和「年底議員選舉」的重要性。

「你們能遇到最後一次初中聯考，這是很榮幸、很有紀念價值的。無論如何要好好考，考上省中，將來就是很好的資歷，選議員、選鎮長或選縣長，名門正派出身總比較占贏面。再不行，當校長、洄瀾港港務局長或菸酒公賣局局長的機會也比別人好。」

「看你們兩個，也不算真笨，只不夠專心、不夠用功，就像你們爸爸一樣，一個對大小選舉全無趣味；一個幫人抬轎助選，要抬又不好好抬，抬得人家險險跌落轎——最低票當選。現在，你們好好拚初中聯考，好好讀書，一直讀上去，將來回鄉競選，憑我和阿祥的媽的人面和做事認真打拚，你們想選什麼都會高票當選。對啦，不過現在最要緊的是，讓阿祥的媽，我們婦女界大姊頭——鴛鴦姊復原起來。」一板擦媽說。

我媽是「洄瀾港婦女界的大姊頭」的由來，我沒趕上見識，對她的具體事實不那麼清楚。從鄰居阿姨們轉述，大約「在學校率領娘子軍奮戰群雄，攻無不克，戰無不勝」、「領導臺灣女生參加消防演習，擔任第一線潑水手，擊敗日本籍女生隊」、「全洄瀾港小鎮第一個學會騎腳踏車的姑娘」、「在戲院廁所生擒一匹色狼」、「唱歌和說話一樣大聲，一樣好聽」、「為早婚的同學春花討回公道，他那憨尪和全體家族不敢再欺負她」、「敢向生魚片刀不離手的魚販討回斤兩」，還有和我爸打鬧十多年，不和也不退的奮戰精神。

這最後一項，也是當大姊頭的條件？

不是我從小看慣，不稀罕，而是鄰居的阿姨、阿叔們，不也是定時或不定時吵吵鬧鬧，有時「雞仔相鬥」；有時「鴛鴦相隨」。這哪算個資歷，可以當「頭」的資歷？

板擦的媽，將初中聯考和競選議員扯在一起，表示它們一樣神聖而困難，還是一樣重要而有趣？

我真想聽聽媽的意見，她向來都有主張，也有「大姊頭的影響力」。她對我讀書、考試到底抱什麼期望？也就是我一直讀上去，將來可以……我真的不太明白，讀書是為什麼？而她開口說兩句，板擦的媽肯定不會再那麼翻來覆去說個沒完。

收驚師公是個留粗短白髮的老阿伯，他額頭綁一條紅綢布，手持的鈴

鐺柄也這麼繫綁一條。他一手把我媽的紅衣服旋得像一張斗篷，一手搖鈴鐺，看來很吵鬧，可聽過一刻鐘，不僅不吵，還有催眠作用。

「洄瀾港婦女界大姊頭」靠牆坐長椅，給紅頭師公催得安睡，但驚嚇病情還是沒多大起色，「心頭蓬蓬拆，不知誰要來收我的命」。

我爸不太相信紅頭師功能作法收驚，更不信王母娘娘的符水能安神回魂。他也許不是洄瀾港最新派作風的人物，而他那部四輪計程車可的確是全洄瀾港小鎮的第二部，是擦洗得最亮，也是唯一請中華路老裁縫師訂做「駕駛專用制服」的「運匠大哥」。

我爸以專車載媽到花崗山下的大醫院掛號，我也陪去了。那裡的小姐說他們沒看收驚的，只有玉里才有精神科醫師，我爸沒嫌路途遠，真就載我們找去。

玉里那醫院，是精神病收容所，大得不得了。我媽在恍惚中去到那裡，又氣醒了。她沒下車，在車上便結結實實痛罵我爸一頓：「我還沒瘋，你就想把我送過來！」

有時，我覺得我爸也真可憐，似乎他做什麼事，都讓我媽看不順眼；說什麼話都不對我媽的味。回程路上，我爸談起選舉，他自認因有新見解、新作風，彈珠王他老爸才會這麼看重他，請他幫忙。我媽卻說：「什麼新作風，要是你沒這部計程車當他的宣傳車，看他會不會多看你一眼？人若不自覺，被拖去攏攏旋，頭暈當作欲升天。」

他們真能吵，什麼話都可以吵開來。

在課外輔導課玩藏寶遊戲。

金老師像高水準的間諜，閃到教室門口，貼著門柱瞄一眼，又彈跳回講臺。他火速擦黑板，同時下令：「最後一排同學收參考書。每個人把音樂課本拿出來。翻到第九頁『甜蜜的家庭』。動作快！」

就像防空演習一樣，我們訓練有素的後排同學，像割草機一樣收割了整排參考書，再從後窗翻越出去，將它們藏在木麻黃樹下，用厚厚的木麻黃針葉掩蓋起來。

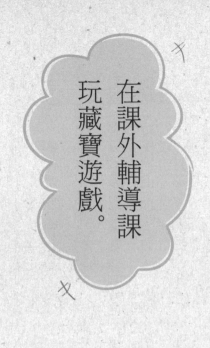

升上六年級，每天放學後，我們要留校一小時惡補——課業輔導。

我說過，人是一種很奇怪的動物，再苦的事，一旦習慣也就變得很自然，自然久了還會發現出趣味。就像我們的課業輔導，到處有人叫說這是凶惡的補習，但我們聽慣、補慣了，也覺得還好，甚至有些好玩。

我們的王校長、嚴教導和金老師更妙，他們聽慣了，也跟著罵惡補的種種不好：說填鴨式教育不好，說傷害學童視力，說損害學童的發育健康，說的好像惡補這件事發生在「山的那一邊」；而我們進行的名門正派的善補，可以增強活力，幫助發育，訓練腦力。

課業輔導只補國文和數學，因為初中聯考只考這兩科，它們叫主科，所以有厚厚兩大本參考書。其他的社會、自然、健康教育、體育、音樂、美勞都叫副科，可以被借來調去通通改上國文和數學的無關緊要科。

儘管我對國文和數學也應付得來，但有什麼偉大科目禁得起一讀再讀，還能讀得有趣？我和板擦、瓦歷斯和彈珠王都好懷念那些副科，尤其是體育、音樂和美勞。我們想不通，正規科目表的國文和數學堂數已那麼多，為什麼還要侵占那些少得可憐的副科？

彈珠王說：「這還不懂？這叫弱肉強食，優勝劣敗。」

他真能扯，比金老師的解釋，更讓人覺得離譜。

這問題，是我舉手向金老師發問，他聽過後，兩粒眼珠睜得比牛眼還大。他扳彎藤條像扳麵條，說：

「這還是個問題嗎？在這緊要關頭，你還醉生夢死的想這問題嗎？你還敢這麼正式的當問題問？你覺得考兩科不過癮，想每科都考？還是你想教育革命，推翻制度，就像孫中山推翻滿清政府那樣，順便把科舉的命革掉？」

「你一點都不擔心搭不上聯考末班車？你想讓本班的升學率掉下來，丟老師的臉？你爸爸辛辛苦苦開計程車，每天在大街小巷載客賺錢讓你交補習費，你以為他就是要讓你想這些？」

我才簡單問兩句，金老師便反問我這麼多，我一直想到彈珠王說的「弱肉強食，優勝劣敗」。我聽得一頭霧水，也敢打賭，沒幾個同學聽懂金老師真正的意思。那天，我覺得金老師說這麼多，我若不補問兩句，也實在對不起他，於是，我借用彈珠王的話，說：「報告老師，這叫弱肉強食，優勝劣敗？」

金老師楞了好一會兒，伸長脖子看我，一臉迷惑。他又緩緩挺胸，睜眼，嘴角往兩邊拉，停住。天啊，他的樣子好可怕，藤條教鞭啪的打在黑板：

「教育失敗！枉費老師一片苦心！我上課上得喉嚨發炎，上得今天還沒有女朋友，你還認為老師擺權威，虐待你們？老師收補習費，是剝削你們？同學們說說看，老師有沒有『弱肉強食』？沒有？好，黃睿祥，你是存心擾亂士氣，問這種問題，讓全班同學像你這樣胡思亂想。你現在出去，到走廊站好，澈澈底底反省，想通了，進來向大家報告；想不通，你就永遠站著。」

我真想不通，金老師為什麼發這麼大脾氣。

我像個迷迷糊糊誤踩地雷的小兵，沒當場陣亡，又因表現得太沒水準，被隔離去懺悔。我不知這算不算倒楣，只是想不通。

十月，天有些涼了。

長長的走廊像個風洞。陣陣涼風吹來，這時若能玩捉鬼、老鷹抓小雞，玩一場正式的躲避球賽，玩什麼都好，這涼風吹得多舒坦！

我隨手抓一本國語參考書，背著窗戶站在走廊，有一頁沒一頁的翻看。國語參考書很厚，但每課測驗題都附有兩篇「閱讀測驗」，每篇都是一則小故事，比課文好看。

雖然很掃興的每篇閱讀測驗後面跟著五道選擇題，問你這篇文章的大意？問你「王小明的作為屬於什麼」？問你一些奇奇怪怪的問題，但它還是好看。「金老師的學長」怎這麼會編參考書。

我才看過一遍，身邊來了一個人。
是高個子板擦。
「怎麼？」
板擦聳聳肩。我回頭看教室，老師正在黑板出算術應用題，看是幾隻雞和幾隻兔子關在同個籠子的怪題目（誰會把雞和兔子關在一起？）。看來，金老師沒再趕人出來罰站啊。
才看著，我發現瓦歷斯和彈珠王也在看我。
瓦歷斯忽然起身，也悄悄走出教室。
他站到我另一邊。
「怎麼？」
「陪你。」
還有陪人罰站。

要讓金老師發現，他不氣得讓黑板也著火？

「進去啦，不要害我。」

板擦和瓦歷斯都不動，站著，站得比我還標準，就是抬頭挺胸，雙手在褲縫併攏的立正姿勢。

「進去啦——」

我看見正對面的司令臺上，白柱兩邊的紅字寫著：

做一個規規矩矩的好學生

做一個堂堂正正的好國民

這兩行標語，天天看，看慣了，也像沒看。這時看來卻特別清楚，我不想有太多感覺，卻想到「有福同享」、「有難同當」。居然把那兩行標語在腦子裡換裝為：

做一個有福同享的好學生
做一個有難同當的好國民

真該死，我到底怎麼了，這什麼緊要關頭，還這麼胡思亂想，要讓金老師一眼識破我的怪念頭，我不完了？何況，我的新標語改得也沒道理，不應該是這樣嗎？

做一個有難同當的好學生
做一個有福同享的好國民

哎！我真的完了，一腦子……是不是陪我媽到處收驚，原本還算正常的魂，也給唧得散亂？

又不久，彈珠王居然也出來。

他看我身旁站了左右護法，沒處讓他安身，於是，他扮剋星，站到我們正對面，站得像預備對我們施法的柴山道人，或來路不明的甲乙丙丁什麼的，同時也監督教室裡忍不

住偷笑的同學，還有拿粉筆把黑板刮得吱吱叫的金老師。

「怎麼？」

彈珠王當真扮個怪客嘴臉，對我訓話，而且說得那麼不小聲：

「黃媽媽要知道你落到這地步，她病情一定會加重，變得很嚴重。這件事，她很快會知道的，我敢保證。我們陪你，才會減輕你的罪。你們都出來了，我坐在裡面也沒意思，反正，反正站一站也好。」

這什麼話？誰教他這麼說話？沒人強迫他出來陪站，又詛咒我媽，他到底懂不懂，不會說話少說話？憑他，還想代表本班參加全校的自治小鎮長選舉。想上臺發表政見！

彈珠王是存心來害我，他是我的頭號剋星，果然沒錯。他說得這麼大聲，教室裡的同學忍不住嗯哼笑，喉嚨發炎但聽力很好的金老師，當然發現了。

就在這時，走廊的風傳來陣陣怪味，屬於大人的氣味，髮油摻了菸草還有口水……說不上來的氣味。

從走廊盡頭的辦公室走來三個人。

王校長靠廊柱走。

大搖大擺走中央的男人是誰？是彈珠王的縣議員老爸！

在彈珠王老爸左邊的人，一路探看教室，走走停停，好像很認真在研究什麼。

「陳督學，我爸的朋友。」彈珠王說。

「你們趕快進去，沒你們的事。」我用手肘頂開左右護法，向彈珠王踢一腳。這空腳一踢，我想到了真正「緊要關頭」的東西——參考書，督學來抓參考書了。我回頭叫一聲：「督學來了！」

教室裡一陣騷動。

金老師像高水準的間諜，閃到教室門口，貼著門柱瞄一眼，又彈跳回講臺。他火速擦黑板，同時下令：「最後一排同學收參考書。每個人把音樂課本拿出來。翻到第九頁〈甜蜜的家庭〉。動作快！」

就像防空演習一樣，我們訓練有素的後排同學，像割草機一樣收割了整排參考書，再從後窗翻越出去，將它們藏在木麻黃樹下，用厚厚的木麻黃針葉掩蓋起來。我出過幾次這種任務，不看也知道。

金老師辦公桌旁的風琴伊嗚伊嗚響起了〈甜蜜的家庭〉的音樂。

「報告老師，我們後排都沒人，他們四個都在外面罰站。」

對啊，我們四個出來，誰能圓滿完成藏書任務？

「教育失敗！連這點反應都沒有，你們怎麼參加聯考？倒數第二個人不會代收？」

〈甜蜜的家庭〉琴聲不斷，教室裡再度亂成一團，有人用力，有人喊加油。那四個臨時上陣的新手，笨！笨手笨腳，在一個後窗擠來擠去，也不懂先

將一落書放在窗框，再翻爬。我想，金老師一定很懷念我們俐落的身手，這種緊急場面，有我們在，事情就簡單了；但他不知忘了還是怎麼，居然沒徵調我們進去支援。

大人的陣陣怪味，愈來愈濃，濃烈的怪風讓人鼻子發癢。我媽常嫌我爸一身臭，不時也嫌我「一身泥土味，到底怎麼回事」，也許這就是大小男人的特殊風味，是大小男人的悲哀吧。

校長、彈珠王的縣議員老爸和督學，逐漸逼近我們的陣地了。

我聽到風琴的伴奏裡，有彈珠王他老爸的聲音：

「中正國小的小朋友不要玩躲避球，會讓小朋友養成逃避現實、躲避困難的壞習慣。我在縣議會向教育局長質詢過，上次，在家長委員會上也提過這意見。現在，我們中正國小的小朋友有沒有在玩？」

怪風吹得忽快忽慢，我沒聽錯吧？

這是什麼餿意見？我問彈珠王。

沒聽錯，他的縣議員老爸是這麼說的！但他說：

「阿祥，你是不是真的要當本班的害群之馬？參考書還拿在手上……」

國語參考書來不及藏進花圃，我想丟進教室。

這不成了真正的害群之馬？

我將厚厚的參考書塞到背後，貼牆站立，站成比左右護法更標準的立正姿勢。

彈珠王的老爸看見我們，他當然也看見彈珠王，但居然沒多看他一眼，反問我：

「怎麼站在外面，站得這麼有精神。咦，你們不一出門就五個，怎麼少一個？」

彈珠王的老爸認得我們，這才真叫我嚇一跳。

我們不太喜歡到彈珠王的家去遊學做功課，我們才去過兩次，他老爸的眼力真不壞。他家像醫院，總有些愁眉苦臉的人進進出出，找他老爸訴苦，拜託他老爸在哪裡立電線桿；在哪裡造橋鋪路，拜託他老爸幫忙調差事什麼的。來人都得領掛號牌，唱號到選民服務室面談。

到彈珠王他家寫功課，他媽媽供應的水果、點心很豐富，麵包、綠豆湯、烤香腸，吃得肚皮圓滾滾，但這麼多人忙來忙去，吵、空氣不好，沒什麼好玩，我們不愛去。

對啊，板仔怎麼沒出來「有難同當」。

彈珠王說：「板仔他被我們其中一個人的媽媽趕出門，他不想害我們。」

這說什麼？

大人嘔氣吵架，干我們什麼事？

難怪板仔最近陰陽怪氣，避我遠遠的。我們的友誼也太禁不起考驗，給大人攪和，我們就斷交了？我一定要痛罵他。

彈珠王這種沒頭沒尾的話，他老爸聽得懂？

「事情好好處理，總有辦法，著急沒用的。你們很好，很有精神。」

這又是什麼？他回了一句完整的話，但高來高去，答非所問，讓人聽著但不懂。他跟彈珠王講話，像認得又不認得。議員都這樣說話？有這樣的議員爸爸，我寧可要一個不這麼拿腔拿調，沒什麼頭銜的純粹爸爸。

在彈珠王的議員爸爸身旁陪笑的陳督學和王校長，迭聲附和：「有精神，有精神。」

教室裡〈甜蜜的家庭〉大彈大唱，連彈唱兩遍還沒換一曲的意思。

「本校很注意德智體群美的均衡發展……」

「我陪鍾議員來視察，鍾議員給了非常多的寶貴意見，我一定會研究辦理。中正國小的課外輔導還有音樂調劑孩子的身心，很好，是不是這樣呢？我們就不進去打攪了。」王校長說。

走路有風，就是彈珠王他老爸那模樣。像校長和督學這麼偉大的人都得陪他，怪不得他還想競選連任。

我又想不通，他們不反對另外收費的課外補習，但又來抓參考書；他們看課外補習改上音樂課，也相信這是「陶冶性情」用的？

「你們四位進教室吧？」金老師堆著一張笑臉，向大家宣布：「黃睿祥的反應不錯，要是能專心用功，不要胡思亂想，將來一定可以考上理想的學校。誰去把參考書收回來？還有，鍾次郎的爸爸，是我們縣議會教育委員會召集人，也就是非常關心我們國民教育，審查我們教育預算的人。鍾次郎代表本班競選本校自治小鎮長，很合適吧，大家要是沒有意見，就鼓掌通過。」

教室裡掌聲啪啪。

「好吧，大家全力支持鍾次郎同學，全力助選，讓他最高票當選，為本班爭取最高榮譽。」

我的腰好瘦，連脖頸也發硬，只好搖頭扭頸、柔腰搥背做柔軟操。

「黃睿祥，你又怎麼了？你對提命鍾次郎同學有意見？」金老師高舉他的藤條權杖，大聲問。

「我沒事，我很好。」

「很好？老師看你還要加油咧。」金老師又笑了。

課外輔導來一場防空演習式的抽查，來個「參考書捉迷藏」，誰說不是調劑身心又好玩的遊戲？否則，金老師怎變得這麼開心，開心的像打了一場勝仗；被各種疑難雜症的算術應用題，折磨得一張張苦瓜臉的同學，怎突然像喇叭花一般開放？

國慶大會高呼的「禮成」口號。

我們沒喊得很大聲，但因為司令臺上和廣場的所有代表隊都安靜，於是，才把我們的「禮成」變得這麼響亮。

兩小時又十分鐘的聽訓大會結束了，每個人都覺得輕鬆，花崗山廣場才會這麼洋溢歡笑。我不認為這歡笑和我們一齊宣布的「禮成」有絕對關係，但金老師不這麼想，他說：「以後，有人問你們的老師是誰，不要說我。」

雙十國慶的節目，從早熱鬧到晚。

我總算知道，一天真可以做不少事；才知道，我們洄瀾港原來有這麼多人；才知道，熱鬧是需要很忙的，不管「演熱鬧」或看熱鬧的人都得忙。

早上八點整，國慶大會在花崗山廣場舉行。我們六年忠班代表中正國小參加，七點不到就在學校集合完畢，一人舉一支小國旗，塑膠布國旗的下沿與肩同高，踏著整齊又雄壯的步伐，走過長長的中華路，直上花崗山。

這還不是正式遊行，提燈遊行在晚上七點鐘開始。但王校長和嚴教導走在我們隊伍前頭，金老師咬著哨子在隊伍前後不時嗶嗶吹，調整我們整齊得不能再整齊的步伐。

「這代表本校的精神，也是為校爭光的難得機會，更是今晚提燈遊行最好的預習，所以每個人都要拿出最好的精神，好好走。」金老師脫掉他的圍巾，很嚴肅、很正經的說。有人很嚴肅時反而看來像開玩笑，但金老師不是。

路過彈珠王的家，他家亭仔腳木柱斜插一面特大號國旗，屋頂兩邊又各插一隻直挺挺旗桿，竿上國旗飄揚，映著藍天，好看極了。我想不通，他家屋頂怎麼能打洞，讓旗竿插得這麼直？

所有店家門口，一面面摺痕還在的國旗，不但斜插的旗竿角度劃一，連旗面拂動的節奏也一致。還沒開門的戲院都懸掛這麼一面，白蓮社板仔店從不關門打烊，當然也是青天白日滿地紅。

遠遠，我看見爸的紅色計程車開過來，就停在板仔店門口。阿塗師雙手插住他的肥腰，傾身看車窗，像做早操。我爸端出一只茶杯，他沒下車，只一手伸長。

我邁開雄壯的步伐，一直看。

阿塗師從嘴裡掏出褐色檳榔渣，朝地呸兩下，又對準那只伸出來的茶杯連呸三口，他暫停，運氣，又呸三口口水。我們整齊的隊伍通過白蓮社板仔店，

蓮白

金老師的哨子嗶嗶吹，我聽見阿塗師對著車窗說：「一口就夠了，為啥要這麼多？分三次喝，才有效？不會太多？」

爸的計程車頭，也插兩支小國旗，車開動，國旗抖擻。老爸一手握方向盤，一手端口水杯，車開得不快，他開得很小心，似乎沒看見走在排頭的我。

排頭還有彈珠王、板擦、瓦歷斯和最精勇的板仔。彈珠王的手肘拐我，吐舌頭給我看，我一側臉，發現板擦他們也在看我爸的計程車。

他們也看見車內高高端起的口水杯。

「排頭，你們把隊伍帶到哪裡去了！」

王校長和嚴教導，像兩個和我們不相干的路人，走得老遠，而我們的隊伍已歪斜到馬路中央。給金老師這一叫，我們五個排頭趕快整齊的竄回路邊，也許我們的動作太迅速；也許後排的反應太慢，他們沒能整齊的移動跟上，隊伍當然就亂了。

我不想也不願看金老師的臉色，我正視前方的花崗山山坡。我實在不能不佩服校長和教導主任，我們的隊伍蛇行作亂，金老師咬牙罵那麼大聲，他們還是並肩前進，勇往直前，走得像兩個堂堂正正的好國民，沒多理會我們這些不規不矩的怪學生。

來到花崗山廣場，我才明白校長和教導主任的一番氣力和苦心。我們是洄瀾港各機關、學校和社會團體第一個來報到的隊伍。王校長和嚴教導是國慶大會報到簽名簿上的第一名和第二名。我們贏了！

金老師說過「早起的鳥兒有蟲吃」。我們提早一小時來到花崗山廣場，只是晒太陽，一口水也沒得喝。「一口水」？真不敢想，想了就害怕，想吐。

走到第一名和第二名的校長和教導主任，在司令臺下休息。因吹哨子吹得太凶而咳嗽不止的金老師，卻再接再厲，帶我們再度踏著雄壯的步伐去繞廣場，練隊形。

「大白天，才走一條中華路，就走成這樣子，你們五個排頭是怎麼回事？今天晚上的提燈遊行，還要繞到中山路、中正路，憑我們這一班的表現，別說為校爭光，我們會給學校帶來恥辱！」

金老師帶我們大步走，邊走邊教訓。山崖下便是蔚藍的太平洋，海風沒那樣強勁，是我們用力的步伐踏出滾滾黃塵，「〈熱血歌〉，大聲唱。熱血滔滔，熱血滔滔，預備——唱！」

我們唱「熱血滔滔，熱血滔滔，像江裡的浪，像海裡的濤，長在我心中翻攪，只因為恥辱未雪，憤恨難消，四萬萬同胞啊，灑著你的熱血，去除強暴」，又唱〈反攻大陸歌〉和〈莫等待〉。沒遮擋的秋陽曝晒；沒遮攔的海風灌喉，滾滾黃塵來湊興，我們唱得很憤慨。好渴。

若秋陽不熾烈，就沒有「秋老虎」這句話。我們背著可以增強視力、調解身心健康的太平洋，面對白花花的司令臺，又聽了一次「武昌起義」的故事。

司令臺上坐著滿滿的兩排人，輪番到麥克風前講話。他們說的話，我沒聽得太清楚，只看到這些大熱天還穿黑西裝外套的人，每一人上臺，都照例和主持人拉拉扯扯，好像多害怕的樣子，好像要上斷頭臺；但他們一上臺，卻又笑咪咪的從容就義。

彈珠王認得那些人，他像我的專任司儀或班長，一一點名：吳縣長、陳議長、黨主委、救國團總幹事、民眾服務站主任、張議員、我爸爸、蕭鎮長、市代表主席……

彈珠王的議員老爸，致詞像發表政見那樣大聲。他大概忘了麥克風的存在，他邊說邊拿手帕擦汗，我不相信有人聽明白他說了些什麼。我問彈珠王：

「你爸為什麼不脫掉西裝外套，也不怕中暑。」

「你爸的計程車也來了，來載我爸的，他躲在車裡也不怕熱。昨天晚上，我爸說要你爸當他的專用司機，要他把計程車改噴黑色，看來比較氣派，比較

不像板仔。你爸剛去板仔店要口水了，你看到了？」

「沒你的事！」

「黃睿祥、鍾次郎，你們兩個再講話！」金老師走過來。

彈珠王怎麼這麼惹人討厭，偏又愛像水蛙一樣黏我。

「你離我遠一點，你有口臭知道嗎？」我說。

金老師在我面前出現：「黃睿祥，你說什麼？」

「哦，我說他。」

「國慶大會不准講話，六年級了還不懂。」

各校的校長、主任和老師們乖乖站在廣場，沒人被拉拉扯扯的上臺講話；他們也是沒被批准的。老師們儘管有些囉嗦，至少他們會說故事，再不行，我們校長的「每週故事」說得不那麼有趣，也比這些不怕熱的「黑西裝兵團」要強些。他們怎麼爭取不到上臺的機會，是他們根本沒爭取，或他們沒穿西裝外套？

我爸的紅色計程車，停在司令臺邊的鳳凰樹下。我不想那「口水杯」的下落。我想，爸對媽還是關心的，他們在爭吵中培養革命感情，在情感的培養中繼續鬥爭，他們的離婚口號，只是口號，叫慣了，不會當真的。爸爸忙來趕去，還記得去白蓮社板仔店向阿塗師要那一杯，就是證明。

麥克風忽然變得清晰，換來一個女生叫道：

「反共必勝——建國必成——」

廣場一陣喳呼，跟著喊叫。金老師從我們排頭竄到排尾，「等一下聽到『蔣總統』，要立正。」

「蔣總統萬歲——中華民國萬歲——」

金老師又從排尾跑到排頭：「立正還是要跟著呼口號啊。我們這是什麼班？聽好了，大家聽好：最後一句『禮成』，不能跟著喊。記住啦。」

「萬歲，萬歲，萬萬歲——」

我們有點不敢喊，聲音變小了。

「這要大聲喊。」金老師才交代妥當，司儀果然喊了：「禮成——」

我們沒喊得很大聲，但因為司令臺上和廣場的所有代表隊都安靜，於是，才把我們的「禮成」變得這麼響亮。

兩小時又十分鐘的聽訓大會結束了，每個人都覺得輕鬆，花崗山廣場才會這麼洋溢歡笑。我不認為這歡笑和我們一齊宣布的「禮成」有絕對關係，但金老師不這麼想，他說：「以後，有人問你們的老師是誰，不要說我。」

司令臺上的「黑西裝兵團」不知出了什麼事，亂成一團，有個人被抓手提腳的扛下去。中暑了，果然被秋老虎和黑西裝熱暈，不支倒地？

我爸的紅色計程車退到司令臺石階旁，那個熱暈的人給扛進去。紅色計程車停在白色的司令臺旁，這顏色多有精神，稍稍有眼光的人，都不會覺得土，

只有真正土的人例外。它哪只載客，當誰的專用，它還當救護車，這緊要關頭不也很大方、很氣派的派上用場了。

對本班的表現失望透頂的金老師，沒讓我們解散。他不住咳嗽，帶我們繞道北濱，走鐵路局宿舍後的小路回學校。金老師說：

「我沒有多餘的勇氣，讓你們再丟一次臉。」

在曲折的小巷轉來繞去，窄窄的小巷，不容我們排什麼隊形，而我們在這裡走的太正經，也不太實際。在這種神祕小巷，應當是一種探索、一種有目標但沒規則的自由之旅才好。

金老師在前帶路，低頭邁進，很氣憤又慚愧的樣子。

我們不想跟他太緊，省得別人認出他是我們的老師，於是，我們愈走愈輕鬆，精神也就愈好了。

在日本式宿舍門口玩尪仔標的男孩們，看到我們駕到，簡直興奮極了，「大哥哥，遊行也到我們這裡喔？」在鐵路保養廠敲敲打打的工人，還揮舞鐵槌和我們招呼，連一戶辦喪事的人家，也有人拂開白布幔出來探望，問說：「來拈香？不是送板仔？」

蹲在水溝旁的湧泉池洗衣的婦人們，說：「現在的孩子，看來更古錐。」

我們繞了遠路，但巷弄安靜又涼快，觀眾熱情捧場，我們受到的歡迎，可以說轟動。

才跨上湧泉池溝的木造拱橋，我們聽見嗩吶叭叭吹。一具大紅棺材讓六個人嘿呦抬來，棺材上蓋著花布棉被，隨棺拋灑冥紙的人，不是別人，是阿塗師，板仔他老爸。

抬棺行列很簡單，看來不像出殯送葬，是一具新棺正要抬去喪家，提一籃冥紙的阿塗師，在池溝邊停住。

金老師守在木橋頭，我們全班停在橋上看，看金老師張開雙手，示意我們靠橋欄站好。

「林大吉，你爸爸來了。他怎麼這樣，雙十節還賣板仔，很不吉利你知道嗎？」有人在我背後說，聽是彈珠王的聲音，我沒時間回頭。看著大紅棺材和吹嗩吶人的倒影，在池溝浮動，藍天和青松襯著它們，這若是一個畫面，該也很美，可惜不是。

一個披麻帶孝的男人，從我們橋上走過去，暗泣，不是很大聲。他在紅棺材前跪地後，忽然放聲大哭。

我移到林大吉背後，輕聲：「不是空棺材？怎哭？」

「孝男買大厝。傷心。」

阿塗師扶起那孝男，從提籃裡取出一只杯子交給他。阿塗師引他走下池溝，孝男掏一把銅板丟到池裡，再舀起一杯水。

「怎亂丟錢？你爸爸要他喝池溝水？」

「孝男買水。通報河神，一切放水流。水給死者洗腳，不喝。」

這時，金老師向全班揮手，示意我們退回去。阿塗師卻說了：「沒問題，大家不要

動。」

嗩吶又叭叭吹響。

瘦長的嗩吶過去了。大紅棺材從我們面前擦身而過，全新的花布棉被和棺材，給秋陽曝晒，散發棉布的清香和油漆的松香。還未使用的棺材，怎這麼沉重，每走過一步，木造拱橋便晃動如吊橋？

我們全班一列站開，恭迎恭送。我猜想有人會害怕，可我一點都不，這是我趴站在棺材蓋上寫功課訓練來的，習慣成自然，自然就好了。說不定，這一具便是寫功課那一具。

隨後，提籃拋灑冥紙的阿塗師，發現板

仔和我，總算認出我們這班是哪一班。

「你們怎會走到這裡，來捉魚？」阿塗師口水亂噴，問我：「你就是『運匠黃』的後生？你老爸來板仔店找人，問說有沒有看到鍾次郎，要他趕快回去，有事。你老爸開車滿街找，沒找到，原來你們都在這裡。」

「我看到了，我爸端茶杯去板仔店。」

「不是那一次，剛才又來了。站橋頭的是金老師，我一時沒認出來。金老師，鍾議員家裡有事，派人找鍾次郎趕緊回家。」

彈珠王似乎還沒走過癮，磨磨蹭蹭，不太願意離隊，很想跟他的「選民」同甘共苦的樣子。這種拿腔拿調的傢伙，眼不見、心不煩。我催他回家，嚇他：「是大條的事，還不快走。」

對不起，我只是隨口說說，沒想到一說就中。彈珠王的老爸出事了，從花崗山司令臺扛下來的人，就是他！

板仔店提供四盞特製燈籠。

才到板仔店門口，阿塗師已將他的作品準備好，一列排開的依序是別墅、電視、汽車，外加一隻半人高的秋田狗模型。他正要抬上發財車。

阿塗師真是爽快的人，金老師只給他一通電話，他不但欣然同意，而且「好事做到底」，說搬就搬，奉送到學校去。

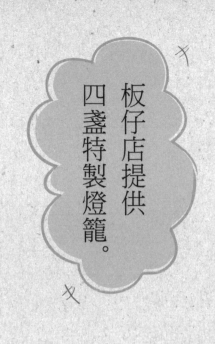

我們六年級忠、孝、仁三班，代表參加雙十國慶提燈遊行。我們早在一星期前，就砍好四十幾根竹筒，綁好棉布，備便了四桶煤油。我們是火把隊。從花崗山回學校，我以為金老師要我們加強練舉火把——舉得不高不低、舉得不抖不晃，而且不叫痠痛勞累。練習走得保持安全距離，前移對正，左右看齊。反正磨練成為校爭光的精銳隊伍，讓金老師還有多餘勇氣承認的班級。

我們以散兵游勇的隊形，從後校門回來，看見了一個驚人的場面：六孝全班佔領整條左穿堂，六仁全班盤據在另一邊走道，他們風風火火的趕工，做出幾十盞手提燈籠，美極了：鼠、牛、虎、兔、龍、蛇、馬、羊、猴、雞……還有貓之類溫馴的和不太善良的動物。最誇張的是六仁，合力紮成一部大戰車和一艘比真船也不小的花船。

六仁一批娘子軍，正將那艘花船扛上三輪推車。花船的規模不小，但畢竟是竹片編紮，再糊上各色玻璃紙撐起來。六仁的娘子軍，怎會扛得這樣搖來顛去、花枝亂顫，好像扛來一艘航空母艦，或是，一具板仔？

我和板擦看不過去，吆喝板仔和瓦歷斯過來，我們就這麼一、二、三，讓花船上架。

「哇，大力士，謝謝你們。你們好事做到底，順便幫我們的花船固定好。」

金老師又吹哨子，招呼我們六忠集合。

六仁的娘子軍居然罵我們：

「怎麼這樣子，做一半就跑

了！」

「不行了，這不行的。他們以逸待勞，暗地出花招，說好都舉火把，怎麼這麼紮花燈。我們的火把隊不給比下去，誰看？」金老師說：「無論如何，我們也要趕紮幾個，誰能擔負這個緊急任務？誰的手藝好？趕快說出來。」

我們的勞作課，都給國語和數學借走了，誰紮過燈籠？我們自學自練，頂多做過竹筒水槍和幾只不聽使喚的『風吹』——紙鳶。這能派上「緊急任務」？

「可以找人幫忙？」瓦歷斯說：「我媽媽和阿姨天天編籐籃，大的、小的都有，請他們編一隻山豬和山羊，一定沒問題。」

我想到白蓮社板仔店倉庫內，懸空吊掛的那些竹編別墅、紙糊電視和汽車，那不都是現成的燈籠？

我告訴板仔：「你爸爸可以啦，他的手藝那麼好。」

「不一樣，用途不一樣。那是燒給死人的。」

提燈遊行在晚上，我們把那白紙改糊紅的、黃的、綠的透明玻璃紙，在裡頭點幾根紅蠟燭，誰有這麼好眼力，鑑定出它們原本用途？這什麼時候，板仔還敢推託。

「林大吉的爸爸做了很多，現成就有，改一改就行了，」我說：「這任務可以交給我和林大吉來辦。」

「可以嗎？板仔店那些東西，能這麼用？我們是提燈遊行，這合適嗎？」金老師嚇得揉衣領。

「報告老師，那些模型做得多好，多像咧。它們本來也去遊行的，還把它燒掉，我們只借用一下就歸還，林大吉的爸爸會答應的。」我問板仔：「我說的對不對？」

「這是緊急任務，再猶豫就來不及了。」

「好吧，就這麼辦。我們的火把照舊，圍成長方形，山豬、山羊和林大吉的父親提供的燈籠在裡面，我們一定不會輸的。」金老師精神振奮，滿面紅光。

「你們幾位趕快回去，不准再去幫別班扛這抬那，六點以前將作品送到學校來。你們還要幾位同學幫忙，現在告訴我。」

這點小事，有阿塗師和瓦歷斯的媽媽、阿姨出馬，只要他們答應，憑他們，誰都一邊涼快去，幫不上忙的。

事在人為，想好辦法，分頭去做，一切沒問題，緊張啦，氣岔啦，都沒用。我陪板仔回家，直接到白蓮社板仔店找他老爸商量。

才到板仔店門口，阿塗師已將他的作品準備好，一列排開的依序是別墅、電視、汽車，外加一隻半人高的秋田狗模型。他正要抬上小發財車。

阿塗師真是爽快的人，金老師只給他一通電話，他不但欣然同意，而且

「好事做到底」，說搬就搬，奉送到學校去。

「阿塗師，太早了啦，六點左右送到就可以。那裡風大，太早搬去，怕會吹壞，也怕小朋友手癢，把它們戳破。」

「什麼時候說改時間？」

「剛才說的。」

「爸，不能這麼送去，還要改裝一下，」板仔也說：「不要用白紙，改成透明玻璃紙，顏色越多越好，看起來比較真實。玻璃紙要抹水、繃緊才好看，裡面還要加蠟燭或燈泡，越多越好。」

「有這麼講究，真有這樣交代？」

「晚上點蠟燭，效果比較好，很多人等著看哩。」

「很多人等著看？當時不先講好，臨時改裝，哎！你們說改成幾點送去，六點？六點就六點，我一個人怕忙不過來。」

「我們可以幫忙！」我說：「大吉多學一點，長大可以當店長。」

板仔說：「你長大也要開計程車？」

「對了，『運匠黃』——你老爸到處找你，你趕緊回去。」

「不是找鍾次郎？」

「這次找你，要你回家捧茶給你媽飲。」阿塗師說。

「那杯嘴沫？」我大聲說。

「對啦，那就算仙水，也不能放太久，放久會變味的。你爸說他從來沒捧茶給她飲，忽然間這樣捧去，怕她起疑心。你去，好些。放太久，變味就不好喝，效力可能也差些。」

「那能飲嗎？」

「沒問題，都計畫好了。分三杯，一杯加麥仔茶，一杯加甘蔗汁，一杯加青草茶，中午、晚上各一杯，睡前再一杯。」

「我從來沒一天捧這麼多次茶給她，她會覺得很奇怪。」

「你不會先飲一口給她看，讓她放心。」

「我？」

「阿祥啊——眼睛不要睜這麼大。阿塗師『出生入死』幾十冬，我的嘴沫隨便賞給人飲？沒那麼簡單。好啦，我說到這裡，你自己看著辦。我的時間不多，要趕工了。『滿足顧客的要求，是本店的願望』，啊，『我總有一天等到你』！不是等你。」阿塗師說。

瓦歷斯曾幾次拉粗勇的板仔參加棒球隊，都被板仔回絕。他分析板仔的個性太內向，我都同意，但他說，這是板仔店的環境促成的，我卻不太相信。白蓮社板仔店當家老闆阿塗師，不只住在店裡，還不時在樣品板仔內睡午覺，他怎不陰陽怪氣，沉默寡言？反而熱心樂於幫我們改裝燈籠、樂於吐口水給誰誰誰。

回到家，午餐時間，我爸卻要出門。

「那杯嘴沫？」我問他。

「別這麼大聲。你都知道了。」爸說。

「調成三種口味給媽飲，媽呢？」

「她在後面煮菜。那茶杯在神案邊角，放一早上，快變臭了。我下不了手，捧不過去。」爸說。

「要是爸平日常捧茶給媽飲，不就好了？她一定不會懷疑。爸要去哪裡？」

「這件事拜託你了，我到醫院看鍾議員，沒時間吃飯。哎，事情很大條。」爸有些焦慮。

「誰叫他那麼熱的天，還穿西裝，換了我也中暑。」

「誰告訴你中暑？腦溢血、中風。不懂？腦血管破了，流得頭殼都是，要打開來洗乾淨。這事還不大條？搶救兩個多小時，現在送到加護病房，我是鍾議員第一助選大將，實際上、道義上都要過去看一看。這次競選連任的工作，不知要怎麼進行，傷腦筋。」爸說。

事情好像很嚴重，中風會怎麼樣？

「怎樣？若沒救，阿塗師多一筆生意；救過來，怕他會一手一腳麻痺，半身不遂。」爸說。

彈珠王怎麼辦？這慘了！

爸向屋內喊一聲：「鴛鴦，你們先吃，我去辦事，不要等我。」他要開車走。

「爸，你沒事不要一直坐車內，你穿這制服太熱了，太熱不好。」

媽常罵他：「你這款老爸，有，像沒有。」

但爸若真的「沒有了」或半身不遂，這不很慘？

我想了就害怕。

還有媽，儘管有些凶，有些囉嗦，這陣子又被驚嚇得心神不寧，但若病情加重變瘋或「沒有了」，這不烏天暗地？

我想到那首「甜蜜的家庭」。原來，這樣的家庭得來不易，所以認真當一回事，編成歌來唱，好讓人不忘記「家庭」，把那看似平凡的「甜蜜」，唱得留住。

彈珠王有些煩人，開口說一句話，不讓人笑，只讓人跳。但他丟彈珠的技術那麼好，贏到大把彈珠，總分還給人；午餐吃便當，他常要求併桌，集中每個人的便當菜，大家分享。

他這人儘管有些「對自己太滿意」的臭屁，但他不怕生人、不怕惡霸的勇敢，都不是我、板擦、瓦歷斯或板仔比得上。有他在，什麼事做來都俐落。

彈珠王的老爸忙開會、忙公祭或喜宴，回家還要忙那掛號的選民申訴，可能也沒多少時間陪他。彈珠王的老爸也是「有，像沒有」，但他真有三長兩短，給嗩吶隊、全新的板仔運走，「沒有了」，不更慘？

彈珠王太可憐了。

我愈想愈害怕，大叫一聲：「媽——」奔去廚房找人。

「看到什麼？叫這種聲音。」媽端一海碗熱騰騰絲瓜麵線湯，「碰」地擺上桌。餐桌還有我最愛吃的油煎旗魚、滷肉撒上蔥花、炒大白菜和小魚乾炒紅辣椒絲，「國慶大會慶這麼久，怎到現在才回來？」

「今天的菜，好吃，慶祝國慶？」我擺碗筷，盛飯。

「你們父子要從早忙到晚，不加點菜，怎擋得住？」媽的精神看來好些，說：「鍾議員出事了，你知道？」

「知道，而且看到。」我大口扒飯，快速夾菜。

「平安就是福氣。人要工作，也要能吃、能睡，身體康健。忙過頭，忙得家不像家，忙得身體不像身體，這攏是沒想通。我給板仔店的阿塗嚇那一下，想了很多，為了你和你老爸，為我們這一家，我要趕快好起來，媽不能天天躲在家裡討驚惶。」媽說。

難道阿塗師那杯口水，擺在神案邊角，也讓媽說出這種覺悟的話？

我告訴媽，六孝和六仁違反協議，暗中做出那麼好看的燈籠，光是那艘「板車花船」拖上街，我們班的火把隊就沒人看了。

我說瓦歷斯的媽媽和阿姨，要趕做山豬和山羊燈籠，我不敢說白蓮社板仔店的阿塗師，也答應改裝幾個出來，只說傍晚時候，這些新做的燈籠在學校會合，再配我們原先的火把，只能這樣上街遊行。

媽聽得驚訝，迭聲問：「怎麼會這樣？」

「你們那阿美族同學的媽媽和阿姨都出面了，其他人的媽媽怎可以無要無緊！你希望媽媽能做什麼？」媽熱心的說。

「要是媽能幫那些山豬燈籠、山羊燈籠、別種燈籠做最後修飾，修得漂亮好看一點，就太好了。」

「只這樣？」

「還有，我們可能會很渴，要是媽再煮些麥仔茶、青草茶，請全班喝，就太好了。」我說。

「只這樣？這些都沒問題。阿祥，你要知道，媽從小編燈籠出名的，我們那些同學沒一個編得比我好。編飛機、編軍艦、編總統府大樓，都可以。編別墅算什麼。你說有人編別墅？」

「我記得板仔店的阿塗，從小就喜歡編這些，他的第一棟別墅還是我教他的，他那個人最沒變巧，做來做去，不是長方形的，就是正方形。」

「阿塗師還會編秋田犬。」我說。

「你確定是他編的？他什麼時候這麼進步。上次你們班的母姊會，媽媽沒去，實在很失禮，這次，無論如何要幫一點忙，我來找秋月做助手。」她想到板擦的媽，她的老同學。

「秋月是我的最佳助手，取材料、找工具、綁東黏西，我做頭，她就知尾。我們兩人合作，三點鐘就可以做出一艘軍艦，燈光閃閃的航空母艦！」

「媽，你會太勞累？」

「你老爸對我，有你對我一半的關心就好了。免煩惱啦，媽元氣不足，但功夫還在，趁這機會盡個家長的責任，順便勞作一下，沒問題的。」媽說。

「麥仔茶和青草茶要不要先煮好，放涼？我可以幫忙。」

「這也有理。吃飽飯，我們就來進行。」媽很乾脆的說。

航空母艦內的議員競選討論會。

「……鴛鴦姊千萬不能看輕自己，你每天走動的都是人最多的所在，最有民意基礎的所在。憑你的膽識，憑你的口才，憑你的風度和領導力，只要你說一聲『好』，助選員至少一百個。」秋月姨很有信心。

「競選要經費，我家沒這閒錢。再說，我家那個人跟鍾議員『痟選舉』，已夠悽慘。你要我再滾下去，要害我傾家蕩產、大離子散？找錯人了。」媽說。

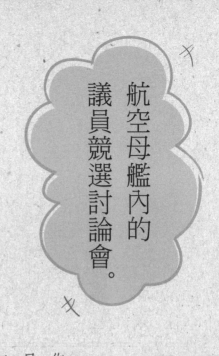

我媽沒想到，白蓮社板仔店也來參加提燈遊行。

阿塗師以為，那些燈籠是過木橋的喪家吩咐改裝，延後送去。他也沒想到，是送來學校集合，加裝那麼多五彩燈珠，是要遊街亮相。

我以為金老師打過電話向他邀請，我以為他明白整個計畫。真的，我和板仔都沒存心欺騙他。

我以為媽看見這些原本燒給死人的紙屋、紙汽車、紙狗，她會害怕迴避，甚至拉她的助手「秋月姨」離場。但她沒有，她只說：「別墅的造型也不改進一下，阿塗，你只會做這種正方形的，像電視一樣？」

她對那隻比真實的秋田狗還大的燈籠，卻掩不住欣賞，問說：「真的是你一手編？」

「那有這麼厲害。兩手編的，一隻狗，編三天。」

阿塗師果然是個爽快俐落的人，我們讓他多費工夫「改裝燈籠」，延誤送

「貨」到「喪家」的時間，他只覺得「想不到」，卻沒惱火，尤其有我媽和秋月姨來幫忙。

他說：「我店裡糊的紙厝，從來沒做到這款程度，金閃閃，水噹噹。時間既然延誤，只好等遊行結束再送去，我想這也是橋頭那位老阿伯的心願，他未來在天上享受的別墅和汽車，能參加遊街，讓這麼多人欣賞，也是難得的機會啦！」

「這也是我的作品第一次參加這麼盛大的晚會，不像其他的，在墳頭就給燒了。這樣啦，這組設備，我就原價送給老阿伯，不加價，『阿莎力』一點。」

那兩大壺麥仔茶和青草茶，是我和板擦提到學校操場來。阿塗師問我：

「你媽飲過了『加料茶』，飲幾杯？精神怎看來這麼好，跟以前一樣好。」

兩壺茶水也由我和板擦燒煮。

我媽和她的第一助手秋月姨，忙著畫航空母艦設計圖、備材料、理工具，也忙著交換「鍾議員病情快報」和預估未來的選情發展，她們忙極了。

我們燒煮成的麥仔茶和青草茶，第一杯就讓她們試飲的。

沒想到阿塗師的檳榔味口水，擺放七小時後，居然是這款氣味：水加海藻加蟹殼的氣味，而且還起小泡泡。

這種「祖傳祕方」特效藥，能喝？會不會喝出什麼併發症？

「麥仔茶煮沸，一百度，會殺菌，應該沒問題，」板擦說：「麥仔茶很香，會壓過那氣味，她們不會發現。」

「也給你媽媽陪飲一杯？」我說。

「她又沒受驚，她已夠大膽，飲了還得了？」板擦說。

「我媽不知茶裡有加料，飲了有效？」

「我覺得這好像在下毒，做什麼虧心事。」板擦說。

板擦說得翻來覆去，也拿不定主意。我想到彈珠王，要是有他在場，他一定很快幫我下決定，不管結果好壞對錯，彈珠王總能那麼大聲說：「聽我的，沒錯！我會害我們親愛的父老兄弟姊妹嗎？」

板擦找來四只茶杯，將阿塗師的口水分倒進其中兩杯，說：「兩壺茶都開了，要沖趁早，水涼就沒有殺菌力。」

我為什麼要相信這種「祖傳祕方」？而且是這麼噁心的祕方？

媽媽和秋月姨在亭仔腳，已準備好建造航空母艦的木條、藤條、鐵釘、鐵線、燈泡、電池、玻璃紙和工具。

我提麥仔茶，板擦提青草茶，我們高提茶壺，沖倒進茶杯。阿塗師的兩只「口水杯」，給滾燙茶水沖泡，那些發酵般的小泡泡，忽然膨脹起來，滿出杯口。

這是什麼水？

茶杯燙極了，我和板擦剛捧起，又趕緊放下。

兩只「口水杯」的泡泡，怎又消失了，消失得沒半點痕跡？我們放回桌上的茶杯，重新排列，能分得出兩杯麥仔茶，兩杯青草茶，但哪兩杯才是「加料茶」？

「好像是這杯和這杯。」板擦說。

但我覺得好像不是！

「我覺得好像也不是。」板擦又說：「要是讓我媽喝到怎麼辦？」

「你不說殺菌了？」我氣極了：「通通倒掉！杯子澈底洗乾淨，我想到那氣味就要吐。以後跟板仔講，他老爸要吐口水，先刷牙、漱口，澈底洗乾淨再吐。那麼多泡泡，嚇誰？」

我媽和秋月姨各喝一杯新泡的麥仔茶和青草茶。她們喝得很滿意，直說比她們燒煮的也不差，「比廟口小攤賣得夠味，生津解渴，消暑解熱，讚！」

瓦歷斯的媽媽和阿姨只能合作一頭山豬燈籠，而這頭山豬的肚皮內不能點蠟燭，只能裝兩只紅眼睛燈泡。但她們答應，邀集八位阿美族美女，穿著阿美族傳統服飾，隨隊亮相。

我媽的「洄瀾港婦女界大姊頭」風範，總算展露出來，讓我見識到。

她和秋月姨徵派白蓮社的「專用板仔車」當艦座，接發財卡車的電池當電源，合力建造航空母艦。她們爬上爬下，高來高去，兩小時不到，一艘和校門同寬的「福爾摩沙號」便大致完成。

她們的每個動作，精確紮實，從不浪費。放龍骨、搭艦身、接電源，繼續討論「縣議員選情發展」；鋪甲板、架艦橋指揮檯、豎桅桿雷達；指揮板仔、板擦、瓦歷斯和我分兩組，在卡車兩邊釘木板、畫海浪，「把『白蓮社葬儀店』幾個字擋起來，不能讓人看見。」

她們為「福爾摩沙號」糊上紅、白、藍三色玻璃紙。我媽還能分神指派板擦到彈珠王家借飛機，「他家玩具多，七架八架通通借來，順便打聽鍾議員的病情。」

她俯瞰金老師帶著火把隊，繞操場練步伐，看得不滿意，又另外派阿塗師的工，要他剪三色紙條，「那些火把太原始了，貼個紅、白、藍紙條還差不多。」

阿塗師提供的別墅、汽車和電視，給一再改裝，到處綴點的也是這三色。

我敢說，誰能認出它們是白蓮社板仔店燒給亡者的祭品，我輸給他，我喝他的口水！

由瓦歷斯的媽媽和阿姨率領的阿美族少女隊，天不黑就到操場來集合了。她們盛裝打扮，從頭到腳披披掛掛，每一走動，手腕和腳踝的鈴鐺就叮噹響。

我們的金老師滿意嗎？

他從我們五年級帶班，我從來沒見過他一口氣笑這麼久。他咧著嘴，笑不停，好像他是新郎，這支光鮮閃亮的隊伍，是他的迎親團。我想，他被我們消磨得有限的勇氣，這下子又增加不少，有勇氣承認他是我們的老師了。

六孝和六仁的燈籠隊，早已準備妥當，但這時看來，那些手提的鼠、牛、虎、兔，怎麼愈看愈小，愈看愈不起眼；那艘板車花船和戰車，儘管規模不小，給我們的「福爾摩沙號」航空母艦一比，不只矮小，燈火更黯淡。

我媽說得好：「馬路兩邊圍這麼多人，火把當然要高過人牆，燈籠還要高過火把，」又說：「讓孩子扛那頭山豬繞三大街，高度不夠，也太累了孩子。男人到哪裡去了？男人只看熱鬧，怎行？找四個爸爸來扛！」

還有誰比我們幾個排頭的爸爸長得高？彈珠王的爸爸中風住院，阿塗師要開改裝的「航空母艦車」，只剩我爸、板擦的爸和瓦歷斯的爸，還缺一個人手。

金老師說：「我來！今晚的國慶遊行，是六忠學生和家長大團結，我代表學校，當然要出一份力，我來扛山豬一條腿。」

媽媽的表現，就像金老師給她的成績：「一百分」，可圈可點。

阿塗師是媽的老同學，見識過她的能力風範，但在「板仔店驚嚇事件」後，不免對她的實力有些懷疑。看媽恢復神勇，拉著我問：「飲過茶了？」

我向他比個二的手勢。

「一次飲兩杯？難怪效果這麼好。」

「飲純的，沒亂摻東西。」板擦說。

阿塗師笑起來：「純純的飲，沒加料？真不簡單，她就這樣飲下去。」

「沒加你的口水啦，純麥仔茶、純青草茶。下次有人找你討嘴沫，拜託你先刷牙、漱口。那杯嘴沫有多臭，你知道嗎？倒掉了，倒到水溝，小魚都會翻肚。」我生氣的說。

「放太久，當然不新鮮。」阿塗師洩了氣，說：「免費提供，還嫌東嫌西，下次，王爺來要，我都不給。」

我能了解阿塗師助人為樂的心情。

他除了沒扛出白蓮社板仔店的「主要產品」，他無條件提供那些竹編紙糊作品和主要運載產品的卡車，若是我媽的復原，是囚他的「祖傳祕方」發生作用，他會覺得這次的友情贊助，會更圓滿、完美些。

熱心公益的人最怕給澆冷水。他們會像火熱鐵板遇水，「嗤」的冒煙吐

氣，變成一塊硬鐵板，誰踢到，誰倒楣。幸好，我們的遊行隊伍安排的巧妙，安排出「一物剋一物」的陣容。

我媽和秋月姨坐鎮在「航空母艦卡車」駕駛檯內，她們不但強有力，鎮住惱羞成怒的阿塗師，還在裡面開了一場由秋月姨主講的「選情分析」，一場事關重大的人生會議。

被臨時徵召來扛一條山豬腿的我爸和瓦歷斯他爸、板擦他爸，不甘願，有些犯嘀咕；但我們金老師陪著他們，前有瓦歷斯他媽率領的阿美族少女陣，後有「航空母艦卡車」內的兩家女主人看守，他們被前後包挾，也就不敢抱怨發飆。

半條中華路走下來，甚至也走出精神、扛出趣味，懂得和路旁的鄉親父老兄弟姊妹們打招呼。

這本來就是個光榮任務，難得的機會。在我們洄瀾港小鎮，能在大馬路正中央遊街亮相的人，除了那些公職候選人和媽祖、關帝君出巡，誰能這麼公然招搖？還不都是在路邊擠擠，討個看熱鬧的份？

我們的隊伍排頭，已被亮麗的阿美族少女頂替了；但我和板仔、板擦和瓦歷斯，還是很又用。金老師去扛一條山豬腿，我們便頂他的重任——每人佩掛一只銅哨，嗶嗶嗶的維持兩旁火把隊的前進步伐、行間距離和火把高度，很忙的，很重要的。

彈珠王真可憐，他老爸出事，讓他也沒能趕上這場盛會，沒在這麼風光的場面亮相。否則，憑他的派頭，一種有些臭屁但很難不說他瀟灑的身手，他會為我們的隊伍，增加不少光彩的。

白蓮社板仔店提供的四件改裝作品，跟在航空母艦後，好看哪！稍有眼光的人都會注目欣賞，而且認不出它們原本的用途。我敢打賭！

提燈遊行晚會的行進步伐，當然要有精神，但行徑速度又不該太快。這就難了。沒錯，這就是關鍵所在，有學問的。當慣了排頭，別的技巧我們也許沒揣摩好，這點可難不倒我們。

遊行隊伍難免走走停停，甚至「塞車」後退。沒關係，隊伍慢下來，我和板擦就示範抬高膝蓋的動作；隊伍完全停止，我們的腳步還是不能停，瓦歷斯和板仔用力吹哨，教大家原地踏步，而且還得用力踏，這精神便保持住了。

我媽和秋月姨沒安排到航空母艦上揮手，當花車皇后，實在是設計上的敗筆。讓她們打扮得光鮮，站在艦頂給紅光一照，誰認得出她們多大歲數？還不是跟真的「花車公主」、「花車皇后」一樣，水噹噹的。

媽能挑在這國恩家慶的良時吉日恢復往日精神，其實，我也不能再貪心，再求更好了。我不時走到山豬旁，對我爸說：「爸，加油了，膝蓋抬高！」

爸好乖，我一個命令，他一個動作。其他扛山豬腿的人，也不敢散漫，把山豬燈籠舉得更高，抬頭挺胸走去。

我不時到「航空母艦卡車」的駕駛窗探看，問他們「會不會太熱？」並制止他們的「選情分析」太大聲，尤其是主講人秋月姨的嘹亮嗓門。

他們還懷疑：「怎麼會太大聲？外面聽得見？」

我胸前的銅哨是佩掛好看的？沒吹他們兩聲已算客氣，也因我媽的精神正在復原，我不想對駕駛窗吹一聲，嚇她們。滿街的遊行樂隊，各吹各的號，各唱各的調，各支樂曲在燦爛的半空交響。

「航空母艦卡車」內的交談，吵不了看熱鬧的人，可我維持秩序的責任在身，我要「做一個規規矩矩的好學生，做一個堂堂正正的好國民」，我當然要制止任何可能燎原的星星之火；任何可能引發騷動的閒談。

秋月姨似乎不認為她發表的言論是閒談，對我的制止，左窗進，右窗出，仍說：

「我沒看過患『中風』的人能完全復原，這種病症，和鴛鴦姊受驚嚇不同款。我看他有心也無力，政治前途完了。但他完了，我們也跟著完？不行！無論如何要派兩個人出來競選，為民喉舌，爭取大眾權益。一男一女的搭檔競選最好，女的有女性保障名額，男的可接收鍾議員的選票，當選的機會很大。我還這麼想，鴛鴦姊是女性候選人的第一人選。」

「我已經說過了，我自從嫁人，就當家庭主婦。每天在菜市場啦、布店啦、木屐店啦、藥房啦走來走去，要不就在家裡，頂多是巷內鄰居說兩句，沒見過什麼世面。不像你在公賣局上班，人頭熟。」

「鴛鴦姊，這你就錯了。我什麼人頭熟？每天洗的都是罐仔頭，每天看到的是那三五個歐巴桑。鴛鴦姊千萬不能看輕自己，你每天走動的都是人最多的所在，最有民意基礎的所在。憑你的膽識，憑你的口才，憑你的風度和領導力，只要你說一聲『好』，助選員至少一百個。」秋月姨很有信心。

「競選要經費，我家沒這閒錢。再說，我家那個人跟鍾議員『痟選舉』，已夠悽慘。你要我再滾下去，要害我傾家蕩產、夫離子散？找錯人了。要找有民意基礎的，在郵局賣郵票的人最有基礎，從早到晚交接那麼多人，人頭最熟。」媽說。

「說誰？我太太？」阿塗師的聲音：「她只會對我凶，見到一桌以上的人，就手軟，半句也說不出來。要她在郵局助選拉票，勉勉強強，到第一線是不行的。」

「阿塗，你見人見鬼都不怕，人頭熟，財力足，你就出來吧。」

「我們說的沒輸贏，開玩笑可以，不要當真。老實說，在我多年觀察，我們那班老同學，包括他們丈夫或太太，除了鴛鴦，沒一個能上臺和人車拚。」

「這樣好了，只要有人肯出來，我出錢、出力，宣傳助選都沒問題。若不棄嫌，我的店口也可借做競選總部。怎麼，我那店口有不好？五岔路口三角窗，要比地理，要比人氣，全洄瀾港還有比這更好的店面？沒有了！」阿塗師說。

「真實的，只要鴛鴦姊說一聲『好』，你要出錢、出力、出店面？」

「大丈夫一言既出，駟馬難追，沒錯，我好人做到底，積陰德。就像今天，我不搬東搬西，連人帶車奉獻到底？你們嫌我缺點一大堆，這優點不能裝作沒看到。」阿塗師說。

我聽見秋月姨再三再四再五的推舉我媽出馬競選縣議員，我想到大熱天裏著西裝外套中暑又轉為中風的彈珠王他老爸；想到他家掛號申訴的民眾；想到彈珠王的老爸，見到彈珠王彷彿沒看到的樣子；想到王校長和陳督學對縣議員的在乎樣。

我想，媽若當選縣議員，至少不會說出「小朋友不能玩躲避球，以免養成逃避現實的習慣」那種話。我想到自來水公司可能早把水管延伸過木橋，讓我們巷內人家都有自來水，我也就不必天天打幫浦汲水，打得手軟……

媽若參加縣議員競選，我想老爸會第一個舉雙手贊成；但有個當縣議員的媽媽，到底好，還是不好？

我聽得太仔細，想得太多。沒注意有個糊塗蛋、縱火犯，將火把歪伸到航空母艦……

我們風光閃亮的遊行隊伍，從中華路轉中山路，就在轉向中正路不久，在天山戲院前的鐵路平交斜坡，發生了這款想也沒想到的事，這款吹破哨子也沒用的事。

直到今天，我仍不知誰是肇事者，或第一個縱火者。原來，一支火把能燒掉一艘航空母艦，順便也燒掉白蓮社板仔店阿塗師提供的四件精心作品——預備在遊街結束交送給喪家的祭品。

我承認，我們六忠的同學都很熱心救火，但他們怎能用火把來撲火？

我們的防空演習，只教怎麼躲壕溝、躲地下室和防空洞，沒演習過怎麼撲火，但大家怎也不懂隨機應變？

「火燒航空母艦」，幸好在裡面討論最新選情的三個人，都被救出來了。

阿塗師載運板仔專用的卡車被燒熱了，燒得脫漆，但沒爆炸，而且在事變後，還能開去保養廠大修。

最可喜可賀的奇蹟是，我媽竟沒被燒的二度驚嚇，她和秋月姨都像「亂世佳人」，浴火重生的鳳凰。是她們拉來菜市場魚攤

販的水管，把這場大火澆滅。她們果然是有經驗的，證明她們「領導臺灣女生參加消防演習，擔任第一線潑水手，擊敗日本籍女生隊」的戰績不假。

我們這一班真「轟動」，從早到晚，從花崗山廣場到天山戲院門口，一路轟動到底。金老師的喉嚨不好，但心臟顯然不差，才禁得住我們製造的意外驚嚇，始終沒休克送醫，換了六孝或六仁的導師，後果便不敢想像了。

金老師沒氣力再交代我們：「以後，有人問你們的老師是誰，不要說我。」他一身溼淋淋，禁不住的咳嗽。我想，他那一身溼，一半是消防水；另一半該是冷汗吧。

競選政見只要念得好聽？

「……候選人當然要有總幹事、助選員，總不能讓候選人去『拜託惠賜神聖一票』，一個人走來走去，不像嘛。」

誰規定候選人拜票，要像媽祖出巡或王爺遊街？更離譜的事，彈珠王交代我做的第一件事：寫競選政見。

他是候選人，若將來當選，要為我們這些選民爭取什麼權益，他可以為我們做什麼服務，總該想清楚。這就是他的政見，怎能找人幫他想，替他寫？

彈珠王也是個意志堅定的人，他爸爸看來也是，還有我媽的老同學「秋月姨」更是。

彈珠王的老爸，在醫院住了一個月後回家，他的左手、左腳不靈便，半個身體麻痺垂軟，左眼、左嘴角也歪斜一邊。但他認為「競選是最佳的復健運動」，他仍要參加下屆的縣議員競選。

彈珠王被金老師徵召，代表六忠參加「中正國小自治小鎮長」競選。他老爸出了這麼大的事，他還能「化悲憤為力量」，熱火準備競選，找我們擬政見、畫海報、寫傳單，一套作業，完全來真的。

秋月姨在菸酒公賣局洗瓶場工作，肯定「心不在瓶」，時時刻刻想著說動我媽，出馬競選那「女性保障名額」縣議員的招數，以及對付「盤據縣議會十二年」的「女霸天」林愛珠的絕技。她每天上班前，必到我家轉一轉，說一頓；下班後，又來了。像這世界最孝順的女兒，早晚回門請安問好，讓人很難不感動。這種人，除了好意，當然還有驚人的恆心、毅力。

她們都踏出了成功的第一步。

秋月姨堅定的意志，克服了我媽的堅持推卻，我媽終於答應新披戰袍，角逐那一席「女性保障名額」。而這一刻，也是我家喪失安寧的開始。

我媽甚至答應，將競選總部設在白蓮社板仔店，因為我們木橋巷內的家，位置偏遠，大廳空間容不下二十個工作人員走動。板仔店是「全洄瀾港地理方位最好，人氣最旺的店面」，那些色彩和大小不等的樣品板仔搬去倉庫，那店門樣品間「可以讓二十個人打拳頭、賣膏藥」。媽唯一的要求是：看板——招牌要擋一擋。

金老師常鼓勵我們：「從什麼地方跌倒，就從那地方站起來」，我們敗給「雞兔同籠」算術題，就進去籠裡把雞腳、兔腿算清楚。我不太聽得懂。但媽在板仔店樣品間被嚇得栽跟頭，又在這裡受到熱烈的友情贊助，再度出發，這算不算「從什麼地方暈倒，就從什麼地方醒來」？

不管怎麼說，媽搭坐白蓮社專用板仔車改裝的「航空母艦卡車」，已讓她適應不少。何況她又施展撲火特技，沒讓板仔專用卡車燒焦、爆炸，這種患難之情，很難得，可以澈底消除她對白蓮社板仔店不必要的恐懼。

我以為爸聽到媽的競選決定，會舉雙手贊成。我猜錯了，爸只是不反對，但很煩惱，不知怎麼為媽和鍾議員分身助選。他說：

「鍾議員病發復出，競選連任的計畫已進行很久了，不能剎車，要不，他的支持者的投資都會完蛋，在道義上，我要繼續幫他忙，這也是『患難見真情』。」

「你媽也是病後復出，新人出馬，競選的招數完全不懂，她的支持者對她這麼大期望，在情感上，我不能推卸責任，這也是『一世夫妻百世恩』。但我只有一雙腿、一部車、一天二十四小時，怎麼辦？煩惱啦！」

我爸叫煩惱，其實精神很振奮。有兩大攤「計程車本業」外的事務讓他忙，他怎不來勁？對於親戚鄰居或生熟朋友的拜託，他向來表現得比開計程車熱衷。他總有辦法把自己變成幾隻蜜蜂，到處嗡嗡嗡；能將計程車變成某種專車，開得像消防車；他也有本事把一天變成四十八小時，不眠不休的忙去，直到累癱。

我的猜測沒錯，我爸同時接下鍾議員的競選總部，和「陳鴛鴦競選總部」的兩個總幹事，儘管秋月姨冒著被菸酒公賣局洗瓶場解雇的危險，請一個月長假，擔任「實際操盤」的副總幹事；但我爸兩頭奔波，怎不忙？

我也不清閒。

彈珠王居然也找我，當他的「自治小鎮長」競選總幹事。

我們每天放學後的「課外輔導」——善補，照舊一星期補五天，照舊是寫不完的注音、改錯字、造句、填空，和算不完的加、減、乘、除，這些翻來覆去的功課，再變化也有限，再枯燥，我們也能想些樂子。我們仍能擠出一些時間，輕鬆一下，找到讓自己快樂的方法。

擔任「自治小鎮長」競選總幹事，要做些什麼事，我又不懂。彈珠王說：「安啦！這些我都懂，我可以教你。你學會了，可以幫你媽媽助選。」既然彈珠王這麼在行，他自己當總幹事不就得了？

「不可以這樣，候選人當然要有總幹事、助選員，總不能讓候選人去『拜託惠賜神聖一票』，一個人走來走去，不像嘛。」

誰規定候選人拜票，要像媽祖出巡或王爺遊街？更離譜的事，彈珠王交代我做的第一件事：寫競選政見。

他是候選人，若將來當選，要為我們這些選民爭取什麼權益，他可以為我們做什麼服務，總該想清楚。這就是他的政見，怎能找人幫他想，替他寫？

我當然可以寫，若是我參加競選，我的第一條政見就是：「提倡躲避球運動，讓學生在運動中學習進攻、閃避和防守的精神」。

金老師卻說：

「本校的自治鎮長選舉，主要目的是讓同學們懂得聽政見發表會的基本風度——聽到不同的意見，可以反對，但要尊重對方發言的權利。是要讓大家知道公平競爭的規則，還有投票、開票的程序。」

「政見不是最重要的，儘管政見說得再動聽，憑你們的能力，又能實現多少？督學、校長或老師不同意，再有建設性的政見也白搭。所以，你就把那格子寫滿，寫個七、八條，讓鍾次郎好好念，念得聲音宏亮，表情生動，就可以了。」

這怎麼回事？

「自治小鎮長」選舉只虛晃兩下，就像表演或防空演習。如果只要「聲音宏亮，表情生動」的政見，就不必我來寫了。

金老師指派板仔、板擦、瓦歷斯當彈珠王的助選主將，因為我們是同進同出的「排頭」，又是坐教室最後一排的「收書人」，他還知道我們五人是輪流到同學家寫功課的「遊學班」班員，「感情和默契」都不錯。金老師要他們和我多多配合，「研究出一套叫好又叫座的競選策略」。

我媽和鍾議員的競選總部成立，選在同一天。

課外輔導下課後，天色將暗，晚風也涼，肚子餓得嘰哩咕嚕，彈珠王卻招呼我們繞去兩個競選總部參觀，同時學習他們的工作人員怎麼助選。

這又當真了。

「我爸的競選總部，每天供應午餐、晚餐和消夜，免費的流水席，隨我們吃多少。」

除了瓦歷斯，我們的爸媽都已投入縣議員的選戰，我們回家，可能也是冷鍋、冷灶，不如就這麼將就方便一下；何況彈珠王也熱誠歡迎了。

鍾議員的競選總部內，煙霧彌漫，香菸蓬蓬，飯菜的熱氣蒸騰，七張圓桌，坐著全是吃飯的人；兩排辦公桌，坐了一群剔牙、抽菸的人。要不是牆上掛著彈珠王他老爸的照片和「為民先鋒」、「為民喉舌」之類的匾額，這種競選總部，分明就是餐廳。

「所有香菸、茶、蛋糕、水果和飯菜都免費供應，不怕你家被吃垮，還有三十天才選舉咧。」我挾起一塊滷蹄膀，味道真好，順便又挾一塊豆乾，才大口扒飯。

「放心，你儘管吃。我爸的支持者很多，都是有錢商人：建築商、教科書經銷商、土木商……晚上還有宵夜，別吃太飽。」彈珠王說。

我媽的競選總部也擺這款流水席排場，我家給吃三天便要傾家蕩產！這太可怕了，我草草吃兩碗飯，直想轉去那裡看看。「陳鴛鴦競選總部」的成立大會，我沒在場，我家「蕩產」的過程，我可要趕上，並給阻止！

為民先鋒
為民

鍾議員被人攙扶出來了。

我簡直認不出他就是彈珠王的爸爸，那位來「課外輔導」突襲檢查的鍾議員。他的左手、左腳的顫抖，比我想像的更厲害，他臉色蒼白憔悴，嘴角的口水還要攙扶的人幫他擦拭。

我不知牆上懸掛的那張巨大照片是偽造的，還是這位顫抖出場向賓客和工作人員招呼的人，才是冒充的？

不說要愛護殘障人士嗎？怎這麼折騰他出來亮相，不讓他好好養病，還推他出來競選？再看那張照片一眼，我居然想到國父遺像，那麼大張，那麼和藹，又像白蓮社板仔店專用卡車上，常懸掛的某個人的照片。

我媽的競選總部，是不是也掛一張大照片，掛在總部外遮擋白蓮社板仔店的看板，還是也這麼掛在總部內牆上，也這麼和藹可親的微笑？

我媽還沒遊街拜票，先被折磨成什麼樣？

我帶頭跑去，像一百公尺賽跑飆一樣的速度跑去。

「陳鴛鴦競選總部」外，還留著鞭炮屑。

白蓮社板仔店的門面，全改了，就像阿塗師的那部板仔專用車給改裝得認不出來。總部大門上，果然懸掛我媽的巨幅肖像，比她本人更精明、更美上八倍的照片，兩盞投射燈照耀，竟有些像「亂世佳人」電影看板的女主角。

競選總部內的工作人員，包括我媽和副總幹事秋月姨，也不過七個人，她們圍著一鍋什錦稀飯，正在用餐。

秋月姨看見我們，忙招呼：

「來得正好，一起吃飯，還有大半鍋，夠你們吃了。競選傳單剛送來，你們一人拿三百張，幫忙發。不准你們拿去摺飛機，要每家送到，親手送到人家手上，同時說：『二號，陳鴛鴦，拜託！拜託！』這會說吧？」

「我們的傳單印的不多，一張都不能浪費。沒發完的，到學校發，發給老

陳鴛鴦
競選總部
福

師，發給同學，請他們帶回去給爸媽。無論如何，不能讓他們拿去摺飛機。你們在學校的人緣好不好？」

秋月姨認出鍾次郎，又說：「跟你老爸講，放心，我們出馬是爭取一席女性保障名額，不會挖他的『柱仔腳』（輔選主將），不會挖到他的『票倉』，叫他放心，放一百個心。他的身體怎麼樣，擋得住吧？」

「一樣，沒好沒壞。他們都在我家吃飽了，很飽，我們現在就可以去發傳單。」彈珠王說。

「注意安全，不要被車撞到、被狗咬到，不要太晚回去。回家後，寫功課、洗澡，早一點睡覺。」媽說。

「怎麼沒看到爸？」我問。

「整日像『雨神』（蒼蠅）飛來鑽去，出去像丟掉；回來像撿到，無人知伊仙蹤。」

競選總部大牆寫著政見：

一、爭取婦女二度就業工作權。
二、嚴格取締違規特種營業場所。
三、爭取各國小附設公辦托兒所。
四、定期舉辦家庭聯誼活動。
五、取消腳踏車牌照稅。
六、爭取各巷弄設置消防栓。
七、爭取每戶接裝自來水管。
八、全縣道路鋪設柏油路面。
九、爭取設立殯儀館。
十、全縣各木橋拓寬改建。

十一、改進菜市場通風及採光。

十二、嚴格取締機車、汽車超速行駛。

「這些政見誰寫的？」我問。

「你媽媽想的，我們研究的，找看板師傅寫的。怎麼，有問題？」

「這些政見很好。但能實現嗎？」

「當然要實現！政見就是對選民的政治支票，不實現就信用破產了。我們當然要想辦法督促縣政府，督促各鄉鎮公所執行，沒執行，我們就刪除那些有的沒的預算。這就是縣議員的責任。」秋月姨說。

「有這麼厲害嗎？」

「當然，你以為縣議員當假的？」秋月姨說：「這些都是民眾的心聲，也是我們拜託人家惠賜一票的理由，本錢啦。我們要大家看一看，什麼是真正的為民服務，為民喉舌。誰說女性保障名額的縣議員，只是花瓶、擺好看的，鴛鴦姊，我說的對不對？」

「沒半點錯，但我們要留點氣力，免得最後幾天，喉嚨破了，半句也說不出來。」媽說。

「免驚啦，我已交代明發，從明天起天天給我們準備澎大海、枇杷膏和楊桃汁，專顧喉嚨，顧聲音的。我們的經費比較緊，不能和林愛珠拚大場，我們就到街頭巷尾到處講，拚小場的。」秋月姨說。

彈珠王聽了很感動，對我說：

「你要有你媽媽的一半衝勁，幫我助選，我的『自治小鎮長』就穩當了。我老爸有秋月姨當助選總幹事，他就不用操心了，不知我有沒有這個命！」

彈珠王跟誰學？說話一天老過一天，什麼好命、歹運的。我們結伴回家，一路「掃街」發傳單，彈珠王也跟著挨家挨戶說：「二號，陳鴛鴦，拜託！拜託！」

他老爸拖半邊身子競選連任，我沒看他出什麼力，不但拉人到他家白吃白喝，還幫人發送傳單，我看了都覺得過意不去，心不安。

他卻說：「安啦，我老爸競選，要是還動用小孩啦、老人啦、女人啦，他那縣議員就白當了。他也不發傳單，他們有別的方法，真正有效的方法，香噴噴的，甜滋滋的戰術。」

我回到家，看見老爸的紅色計程車停在門口，後車蓋是開著的。老爸從家裡出來，說：

「阿祥，你回來得正好，還有一箱，搬進去。」

天色已暗，路燈暈黃，我從後車廂抱起一箱，沉甸甸、香噴噴，問：「是什麼東西？這麼重，爸買的？」

「我一下午就在買這個，搬這個，當搬運工！肩胛都快脫落了，人家託買的。」爸說。

爸爸要我將這箱沉甸甸的東西，一直搬進最裡一間的倉庫。倉庫內，整齊的疊放十幾箱東西，整個倉庫充滿了香味。

「誰家的？什麼東西？」我問。

「香皂和味素，要送人的。」

「我們買來送人，為什麼？」

「代人送的，選舉用的東西。」爸說。

「媽媽競選要送人香皂、味素？」我聲音提高。

「我們家沒這個錢，你媽和那個秋

月，想靠嘴巴和傳單和人家拚，我真不敢想她會得幾票，不知會輸得多難看。『選舉無師傅，用錢買就有』，她們不信。」爸說。

「鍾議員託爸送人的？賄選！」

「阿祥！能不能小聲點？阿爸為什麼天黑才搬？你要害我？」爸爸急了。

「鍾議員怎麼可以這樣？阿爸怎可以這樣？偷吃步！堂堂正正的好國民不能這樣啦。」我激動的說。

「小孩懂什麼？這是『走路工』。你管好自己，不要管到大人頭上來。好好考你的初中聯考，這是最後一屆，你知不知道？你拿一疊傳單做啥，書不好好讀，管東管西，聲音又這麼大，才叫你搬一箱，全是話。給我差不多一點。」爸有些生氣。

若不是代人賄選，爸也不用這麼發火罵人。

我家沒能力買一倉庫的香皂和味精送人，媽也沒有這種「忠實的支持者」

贊助。憑媽的作風，她也不會這麼做，秋月姨也是；否則，她們少少幾個工作人員，也不必圍著一鍋什錦稀飯，這麼、這麼寒酸的用餐。她們的競選總部內，該也有滷蹄膀的香味到處飄。

鍾議員用這招「香噴噴、甜滋滋的戰術」，媽主要對手的現任縣議員「花瓶愛珠」，是不是也來這套？還有其他候選人？

媽要是人氣不好、政見不好，沒當選，沒話說。若因「乾淨選舉」被擊敗，又敗得很難看，這不等於證明賄選有效，證明「選舉無師父，用錢買就有」？就算媽媽和秋月姨會甘願，但我就不服氣！

看來，無論如何，我們要為媽加把勁，為她全力助選才行。再也沒有其他辦法了！一定是這樣！

香味彌漫的大倉庫。

我帶他們到倉庫，參觀那些香皂和味精，讓大家腦力激盪，想個辦法來對付它們。

香氣彌漫的倉庫內，已有幾大箱被開封了。我想有些香皂和味精已經送出去了，我們不趕快想出辦法，採取行動，可能就來不及。

瓦歷斯說：「大部分的習慣，都在投票日前一晚才送禮物來的啦。送太早，人家怎麼記得是誰送的？」

金老師要全班每位同學，幫彈珠王寫十張傳單，我們幾個排頭，只要負責發傳單和畫海報。但畫海報的事，彈珠王叫我們「安啦」，他的「自治小鎮長候選人」二十張海報和五條簡單明瞭的政見，都委託他爸爸的競選總部一併處理。他還做了一條「布幔海報」，紅色布條從三樓音樂教室屋頂垂到一樓，威力很強大的樣子，在校園走動，不看見「❶號鍾次郎，您的最佳人選」都難。

彈珠王的政見是這樣：

一、遵守校規，做個規規矩矩的好學生。
二、保持安靜，有個祥和安寧的好校園。
三、愛護整潔，保持乾乾淨淨的好環境。
四、用功讀書，做個學問淵博的好孩子。
五、講究禮貌，做個斯斯文文的現代人。

他的政見，和鍾議員的政見，我看是差不多。「一、遵守國策，做個堂堂正正的好國民」，「二、理性問政，追求祥和樂利的好社會」等等……

六孝和六仁的兩個候選人，一個是扛不動花船的女生，一個是民生醫院院長的孫子，他們在每節下課和午休時間，風風火火的繞行各班拜票。我不太甘願為彈珠王助選，但金老師指派我們得「加緊腳步，全力抬高聲勢」。

儘管他虛晃一招的政見，讓我看不起；儘管他老爸（還有我老爸）用香皂和味精買票，但那終究是他老爸；儘管我心裡不痛快，其實也沒太充分的理由，對他不理睬。

我們學校的「自治小鎮長」選舉，在星期六上午投票，金老師說大會堂的投開票所，也是下個星期六的縣議員選舉同一場地，那些繳驗身分證件、領選票、投票處、票匭，「完全跟真的一樣」。大家不到二十歲，就能享受「選賢與能」的權利，所以這是難得的機會。

星期五的午休，陣雨過後，我、板仔、板擦，照例等著兩疊傳單，要到各班去拜票——一疊是彈珠王的，一疊是我媽的。

我們坐在教室外的花圃護欄，玩葉片上的水珠，等了好久，才見到瓦歷斯和彈珠王趕來，他們倆人笑咪咪；彈珠王多了一條披肩紅綵帶，貼著「❶鍾次郎，您的最佳人選」，看來寶裡寶氣；瓦歷斯更誇張，兩肩下各掛一個帆布袋，脹鼓鼓，還散發香味。

「背什麼？」聞到香味，我心裡就發毛。

瓦歷斯笑說：「小禮物，彈珠王要送人的，遞一張傳單送一份。」

「對，禮物放在傳單下，一點點『走路工』。」

「什麼『走路工』！」我掏開帆布袋，一袋是香水鉛筆，另一袋是橡皮擦，半透明的高級品，也是香噴噴。

瓦歷斯沒料到我會突然扯下兩只帆布袋，他猛不防向前傾倒，又翻個大跟頭，帆布袋開了口，鉛筆和橡皮擦散了一地。

「這是買票，賄選，你知道嗎？」

「你的聲音能不能小一點？」彈珠王和瓦歷斯忙著撿東西。

板擦和板仔也要蹲下去幫忙，被我喊一聲：「你們別動它，要不然就是共

犯！」

板擦、板仔和瓦歷斯都不敢動，站到我身邊來。

「走路工就是走路工，為什麼要講這麼難聽？我送小禮物，有人收小禮物，這怎麼說？他們不也是共犯？」彈珠王說。

「你爸爸買了一大堆香皂和味精要去買票，以為我不知道？」我說。

「是你爸爸去買的，都放在你家，以為我不知道。他不也是共犯？」彈珠王說。

「阿祥——你有沒有摸到那些香皂和味精？」瓦歷斯問我，「不然，你也是買票共犯。」

「我幫他搬到倉庫去，但我起先不知它是做什麼用的呀！」

「我只是背『小禮物』，還沒把它們送出去，這也算嗎？」彈珠王說。

「反正，你來這一套，別想要我們會幫你助選，你去找別人。煩！」我說：「把你這兩袋東西，拿得越遠越好，不要再讓我看見；不然，我去告訴老師。」

「怕你？」彈珠王說。

「我去告訴校長。」

「怕你，你去告訴督學，我也不怕。」彈珠王語氣毫不在乎。

「不怕最好。你敢挾在傳單底下送，我們就去告訴全校同學。」

「你們？」彈珠王音量拉高。

「對，我們！」我看左右的板擦、板仔和瓦歷斯，他們好像沒什麼反應，眼巴巴看著被收進帆布袋的鉛筆和橡皮擦。瓦歷斯的鼻孔還撐得那麼大，像沒聞夠那香味。

我只好更大聲的說：「對，我們！對不對？」

板擦點頭，瓦歷斯最後有反應，也說：「送東西給人，要人投票給你，是不好的啦。」
「沒關係，你們不幫我助選，總有人幫忙。你們兩個，以後最好不要到我爸的競選總部吃晚飯，不可以吃點心，吃宵夜也不可以，什麼都不可以。」彈珠王忿忿的說。
「稀罕！」我說。
「不稀罕，還來呀。」彈珠王也不客氣。
「好，我們吐給你。」
「我告訴你，你想假清高也沒用。剛才你也承認了，我爸的香皂和味精都在你家倉庫，有沒有？你說的。你還承認幫忙搬了一箱，有沒有？」彈珠王連珠砲式的說。
我氣極了，也很悲哀。爸怎不好好開計程車，開他的全洄瀾港第一部計程車，為什麼要去和別人攪和這些。

「反正，你媽媽也選不上，人家林愛珠阿姨早就『撒』下去了，天羅地網的『撒』。你們還在這裡做白日夢，以為會『高票當選』？」彈珠王說。

「落選也甘願，不甘你的事。」板擦也生氣了。

「我爸要辦義賣會，募競選經費，再印一萬張傳單。」板仔說：「反正，你也別想當選。阿祥說得沒錯，只要你敢送鉛筆、送橡皮擦，我們，我們去幫你宣傳，宣傳買票。」

「你爸要義賣棺材，還是賣航空母艦？」彈珠王語氣奚落。

「這你管不著。」我說：「我們的『遊學班』沒你的份了。我也保證你不會當選什麼『自治小鎮長』，不然，你當選了，我的頭給你當椅子坐。」

「你自己說的，你的頭要給我當椅子坐。我就真要坐坐看。我還要告訴老師，你們吃裡扒外，造反，扯我的腿。」彈珠王毫不認輸。

板擦拉我手肘，輕鬆說：「不要說『頭』的事。」又對彈珠王說：「只要你把那兩袋鉛筆和橡皮擦藏起來，不買票，我們就當沒這回事，幫你正正當當去拉票。不管你當選、落選，我們還是朋友，你也可以參加我們的『遊學班』，怎麼樣？」

「我已經對你們很失望了。」彈珠王說。

到底該是誰對誰失望？

彈珠王居然這麼說，而且真露出失望透頂的表情。他這人儘管向來惹人厭煩，但把他的優點拿來加減乘除，也還勉強可忍受。現在這德行，怎麼了？參加一次「自治小鎮長」選舉，就讓人完全走樣？變得這麼腐敗？我們把他的所有傳單交還，彈珠王似乎也不在乎，收齊了，隨手往垃圾桶丟。我看他，真完了，我們的友誼也完了。

我們沒在下課後，繼續為彈珠王做什麼，沒勁。我一直想著倉庫裡的香皂和味精，想什麼辦法來對付它們，讓它們送不出去，讓我爸不成為買票共犯，讓很多人收不到，不會有那麼多共犯。

金老師找我們去罵一頓：

「老師沒提名你們參加競選，你們就嫉妒他，不幫他，這是本班榮譽，要全班共同爭取才行。你們怎可以一點團隊精神都沒有。」

我們原不想多提彈珠王「意圖賄選」的事，金老師既然開罵，又扯到我們嫉妒他，我可不能不說了。

金老師卻說：「老師知道，也告訴他這種送禮物的方式不對的。老師已把所有鉛筆和橡皮擦收起來，等到學期結束，給大家摸彩。鍾次郎還沒有真正去買票，你們已經制止他，這就對了；但也要繼續支持他，讓他順利當選嘛。」

賄選品拿來當摸彩獎品，這又怎麼回事？老師是怎麼想的？我們該怎麼想？

放學回家，我和板仔、板擦、瓦歷斯沒去「陳鴛鴦競選總部」，當然也沒去彈珠王他老爸的競選總部。我邀他們到我家，我們自己下麵條當晚餐。

我帶他們到倉庫，參觀那些香皂和味精，讓人家腦力激盪，想個辦法來對付它們。

香氣彌漫的倉庫內，已有幾大箱被開封了。我想有些香皂和味精已經送出去了，我們不趕快想出辦法，採取行動，可能就來不及。

瓦歷斯說：「大部分的習慣，都在投票日前一晚才送禮物來的啦。送太早，人家怎麼記得是誰送的？」

「你倒很清楚。」

「人家好意送禮物，不收下，很沒禮貌。」瓦歷斯說。

「你們還真投票給他？讓他當選後去撈錢，撈納稅人的錢？」我說。

「收人家禮物，不投給他，良心會不安。」

「這是什麼良心，是『共犯』你知道嗎？你想，讓你先想：要讓這些東西送不出去，有什麼好辦法？」我說。

「簡單，把它們燒掉。」瓦歷斯說。

一把火燒掉，扛去哪裡燒？燒過後，爸不發飆？這是土方法，不叫好辦法，糊塗瓦歷斯！

「抓兩隻老鼠進去咬。」瓦歷斯奇想。

「那麼多箱子，五隻才夠。」我說：「老鼠啃咬香皂、吃味精？牠們有這種特殊口味？」

「把倉庫後門打開，讓小偷搬走。」瓦歷斯說。

「怎麼去通知小偷？」

我們端一碗湯麵，在倉庫裡走方步，邊吃邊想。從沒吃過這麼難吃的麵。瓦歷斯又說：「開一包味精，撒一點，就變甜，變好吃了。」

「不行，不要鬧。你真想當共犯？」我很惱火，起腳作勢要踹瓦歷斯一腿，只是做樣；但他反應過度，以為有人要觸殺他，彈跳得老高，撞倒了那支竹梯，又潑灑了麵湯，弄得一箱味精溼淋淋、黏兮兮。

瓦歷斯說：「糟糕了，抹布在哪裡？」

我叫他別動。

有了。

有辦法了。

我看看倉庫的鐵皮板。

就這麼辦！

我找來一根三寸釘和鐵鎚，叫板擦和板仔將竹梯扛出去。要瓦歷斯爬梯，上屋頂；這是他最拿手的特技，比爬檳榔樹無趣，但也簡單的多。

「你上去屋頂打洞。」我說。

「多大的洞？」瓦歷斯問。

「不是開天窗。雨水漏得進來就可以，打十個小洞。」

「要打就打多一點，二十個洞嗎？」瓦歷斯說。

「會變瀑布，太多了。」

我不信這幾天不下雨。

淋溼的香皂和味精，變糊了，變成塊狀或融化，我不信爸還送得出手。

他送不出手，也就不成買票共犯了。

義賣的上好板仔誰來買？

我們像參觀美術館的觀眾，看著一具具赤紅、艷黃、黑黑的「板仔作品」。看這些基本造型相似，其實材質、大小和厚薄仍有不同的手工藝品。我們是一群高水準的觀眾，在阿塗師導覽介紹中，只欣賞，不碰觸。尤其看到小小的孩童棺和難產婦人所用的母子棺，媽媽的手牽得我好緊。我知道她並不害怕，只是感慨。

白蓮社板仔店的阿塗師，計畫義賣一具上好棺材，為我媽籌募競選經費的事，這是千真萬確，不是哪個小說家編撰出來的。而且，這事也終於獲得我媽、啞嗓的秋月姨，和我們「遊學班」改任的「義勇童軍助選團」同意，決定了。

我想，全世界那麼多義賣會，大概從未出現過一具雙頭翹，紅豔豔的板仔吧。阿塗師對「陳鴛鴦競選總部」的經費拮据，比誰都清楚。七八個工作人員，外加我們四個「義勇童子軍」在放學後幫忙，聲勢遠不如人之外，我們的傳單也發得縮手縮腳，還得去回收，做「二度發送」。

競選總部的伙食，幸好有菜市場的攤販們送菜、送米、送魚，否則，這麼勞累的助選，怕早有人營養不良，在半路暈倒。

阿塗師的心意，大家都能感受。但義賣板仔，這不太特別？特別的有點不吉利？不吉利得有些嚇人？嚇得沒人敢來出價？

「臺南大戶人家的姑娘要出嫁，嫁妝裡就有板仔，這事很體面的，有啥不吉利？誰不都要走這條路，用到板仔——『黃泉路上不分老或少，誰要先走不知道』。誰出好價錢，買去了，說不定長年百歲，永保平安。買主家裡沒所在擺放，可以，我店裡可以讓他寄放，寄放三十年、五十年都不收保管費。」

阿塗師的話沒錯，但離現實太遠，那樣出嫁的臺南大戶人家的姑娘，是多古早的事？阿塗師天天提義賣，競選總部的人天天笑，漸漸成了消痰化氣的笑話，讓奔走街頭巷尾的工作人員消除疲勞用的。

我的頭，不必讓彈珠王當椅子坐。

彈珠王在「自治小鎮長」選舉落敗，排名第二，輸給六孝女生七十七票，贏醫生的孩子二十七票。

金老師說：「『美好的仗，我們已打過』，勝負不重要，沒關係。何況我們正當選舉，輸得也不難看，雖敗猶榮。」

「沒關係」就好了。

彈珠王也沒呼天搶地，怨天尤人，沒怨怪我們。他不來煩我們，我們也不去惹他，一樣在操場站排頭；一樣在教室坐排尾。

第二場「縣議員候選人公辦政見發表會」那天晚上，氣溫突然降到十六度，還下著小雨。

我們來到媽祖廟廣場，幾百張座位都已坐滿。場外的小吃攤，賣烤香腸、黑輪、蹄花麵、刨冰，蚵仔煎、綠豆湯……冷熱夾攻、酸甜苦辣都有，比夜市還熱鬧，有看頭，更有吃頭。我們一攤攤參觀，順便找個能擠身去落腳的地方，好為我媽的政見發表鼓掌加油——造勢。

瓦歷斯問我：「萬一，要是黃媽媽當選了，她很高興，會不會請客？請我們來吃這些小攤。」

「什麼萬一當選，要有信心，一定會當選。請客吃小攤，那得看板仔他老爸的義賣會不會成功？」板擦說。

「我有信心，阿塗師的義賣會很轟動。板仔，你說對不對？」瓦歷斯問：「板仔，你有沒有信心？」

「有。對。」

我們都看到彈珠王，在政見發表臺下，離我們不太遠。我不想招呼他，看他自己的意思。

穿著運動鞋的秋月姨，忙為聽眾發傳單，她啞著嗓子，一個個拜託：「歐吉桑，拜託啦，二號，陳鴛鴦，給我們支持一票，請陳鴛鴦為大家盡心服務，盡力打拚。」

「大姊，二號，陳鴛鴦。拜託！姊妹票，千萬不可跑掉了。」

媽告訴過我：「秋月的認真打拚，連我看了都感動，媽若落選，最對不起的就是她，全洄瀾港最傷心失望的人就是她。媽媽拚了，你老爸跑來撞去，靠不住，你要給媽媽加油支持，拜託！拜託！」

媽連我也不忘拜託，我想她在睡夢中也會說這句夢話，秋月姨也一樣。

秋月姨見我們站在綠豆湯小攤前，她才說了一句拜託，隨即睜眼，「啊，是你們？怎閒得像仙，還站在這裡看？我們抽到四號籤，鍾議員五號，林愛珠抽到籤王一號，他們的助選員發動支持者來捧場，聽完就走。」

「你們還不趕快進去拉票拜託，把人留住，免得等我們上台，聽眾走一大半，那就完了。」

「傳單都發光了。」我說。

「地上撿撿，再發一次，要不，手指頭不會比二？」秋月姨說。

在人擠人的聽眾裡穿梭，會不會被挨罵，手指比個二，會不會像螃蟹或剪刀？

「還不趕緊？黃媽媽上臺，你們一定要拍掌。無論如何要出力，讓身旁所有人也跟著拍，才會熱場，知道嗎？等黃媽媽高票當選，阿姨請客，每一攤都去試口味。」

「低票當選就沒有了？」瓦歷斯不是普通的嘴饞。

「統統有，加油了！」秋月姨大聲說。

天已漸涼，還落小雨，聽政見發表會的人，哪來這麼大熱情，打傘、穿雨衣、神情激動，不輸臺上的候選人。

他們是已有特定支持對象，專程來捧場，還是未決定投票目標的游離選民？

他們是來看熱鬧，找消遣，把政見發表會當舞臺的觀眾，還是真正關心民主發展，認真來「選賢與能」？

我想，對不同的選民，該有不同的拉票方式，就像對阿公仔、阿婆仔，對阿伯仔、阿姨仔，對年輕的帥哥、美女，都該有不同方式的拜託，一律「二號，陳鴛鴦，拜託惠賜一票」有效？

我集合板仔、板擦和瓦歷斯，研究「拜託」口白。他們居然也這麼認為：「死板板的拜託口白，像訓話，效果很有限」、「應該對不同年紀、不同身分的人，說不同的話，把我們的政見挑出來對不同的人說」。

於是，我們把十二條政見當成「新青年守則」背下來，在三分鐘內背下來，比背課文快一百倍的速度，背得爛熟，還懂得靈活運用。金老師若知道我們「背書」的效率進步神速，腦筋變靈活，不知要做何感想？

「阿公仔，二號，陳鴛鴦若當選，腳踏車牌照稅就取消，各巷弄都有消防栓，拜託，支持二號，二號就對了。」

「阿姨，二號，陳鴛鴦若當選，菜市場的通風和採光就改進，特種營業場所就會減少，拜託，請支持二號。」

一號籤王的現任縣議員林愛珠上臺，她還沒開口，臺下就一片掌聲。她的穿著打扮，怎看來這麼眼熟？

後梳的大包頭，後腦有個扁平大髻，深藍長旗袍，加灰色絨布無領外套，胸口別著一枚不知什麼來路的紀念章。這打扮像極了誰？

對！蔣夫人。

出現在報紙頭版或「勝利之光」封面的蔣夫人宋美齡。

林愛珠效法蔣夫人的穿著打扮，竟然又學她揮著小手絹，站在政見發表臺上微笑，對著歡呼的群眾說：「好！好！」

我對林愛珠縣議員模仿蔣夫人的「雍容華貴」，沒意見，但觀眾們似乎不太在乎她的政見是什麼，不時讚美她的風度多像誰，讚美她的儀態多迷人，讚美的嘖嘖叫。

我可不能不說話：「阿伯，選縣議員要選服務精神，選為民眾認真打拚、爭取權力，不是選穿著打扮、選儀態風度。阿伯，二號，二號陳鴛鴦，第四號上臺的二號，選二號就沒錯了。」

這四號、二號，我說得有點糊塗，不知老阿伯分清楚沒？

媽媽的儀態風度，是木橋巷內歐巴桑的平常風度，她的穿著打扮也不能和「蔣夫人」比，可她在臺上的政見發表，內容很家常而實在，聲音不那麼悅耳，但音量大而清楚。媽媽沒提誰討細姨、誰在學生時代考試作弊、誰「倒會」不還錢，她就說托兒所、腳踏車、自來水、菜市場和殯儀館。

媽媽從來不燙髮，她是自然鬈的馬尾巴。媽穿的綠底小黃花連身裙和開襟綠毛衣，都是她親手剪裁縫織。這兩個月來，她受驚嚇又忙著競選，瘦了不少，衣裙嫌寬鬆，但我覺得好看，而且更顯精神。

我們沒動員半個支持者來捧場，所有掌聲，沒人去鼓動，都是聽眾自願自發。我指揮板擦、板仔和瓦歷斯到各路口攔堵，勸阻可能離場的人。

我想，無論如何，媽媽的政見發表會一定不能冷場，雖不鼓掌，也不能擅

綠豆

自退場，因為這是真正的不禮貌，比「不接受香皂味精」的「不禮貌」，嚴重八倍。

我守在政見發表會臺旁的樓梯邊，防止誰上臺鬧場，也看臺前動靜。

我終於發現爸來了。他攙扶鍾議員，走近政見發表臺，有個高大的男人，在他們背後，舉一把彩條大傘，幫他們遮雨。

鍾議員幾乎斜靠我爸胸前，靠著他才能顫抖移步。他咬緊牙根，左嘴角還是歪垂淌涎。他似乎想走正、走直，卻每一踏步都這樣艱難，千斤重般抬起，踩棉花團似的沉陷下去。

彈珠王跑來，為他爸擦去汗水和嘴沫。

我們合力扶抬，將他抬上六個木階的政見發表臺，發表臺很矮，但對鍾議員仿如攀登天梯般的艱難，他等候我媽媽十五分鐘的發表時間結束。

就在我和彈珠王回到政見發表臺下，有個穿紅色風衣型塑膠雨衣的女人，捧來一碗熱騰騰的綠豆湯，問彈珠王：「你是陳鴛鴦女士的兒子？」

彈珠王指我：「他才是。」

「是這樣？陳女士果然是咱洄瀾港婦女界的大姊頭。伊的政見說得真好，我們這些姊妹會合力支持伊。這碗綠豆湯，表示我的心意，請你在伊下臺後，請伊喝，讓伊解渴助元氣。」穿紅雨衣的女人說。

聽眾選民還是有眼光，有辨別能力的，他們總會辨別誰才是最佳人選，將神聖寶貴的一票投給他。這碗綠豆湯，便是有水準的選民送來的支持和溫暖。

媽媽是有希望的。

媽媽的政見發表一結束，秋月姨喜孜孜、笑哈哈在臺下出現，她來迎接媽，大聲叫好，又鼓掌。「好就是好，第一好，鴛鴦姊，這場發表會，至少拉到一千票！」

又叫我：「結束後也要鼓掌，出力一點，怎麼要人講才知？喔，捧綠豆湯，要給你老媽喝，這還差不多。」我將這碗綠豆湯交給秋月姨，鼓掌。媽向聽眾選民一鞠躬，臺下熱烈歡呼。媽轉身走來，向我們招手。她的儀態風度真好，我看是比林愛珠，比蔣夫人也不差。

「說得怎樣？能不能聽出頭尾有個印象？」媽問。

「比上一場更好，越來越穩。鴛鴦姊——你實在有夠好。林愛珠聽得不能睡了，想得驚慌，睡，怎麼睡？鴛鴦姊，先喝綠豆湯……」秋月姨拉住我媽，往後臺走去，到媽祖廟內休息。

臺上，鍾議員讓我爸扶到發表臺正中的麥克風前，站著。

我爸一放手、離身，鍾議員就要傾倒，他像個醉漢，或一棵枯木，一個支持不住自己的人。我看得好心酸，原本一個生龍活虎的人，只一場病，竟成這樣。

身體到這地步，還要上臺競選，彈珠王說他老爸「人在江湖，身不由己」。只要他說一句「不」，誰又奈何得了他？究竟誰在擺布他？他這樣的形象出場，才能搏得同情票？他真獲得同情支持，憑這身體，又能為誰服務，為誰爭取權益？

我告訴彈珠王：「你還在看什麼？不趕緊搬椅子讓你爸坐。他快倒了啦！養你這種兒子！」

彈珠王慌張找椅子。

「廟裡有，哪裡有椅子也不知。」

在政見發表臺上，鍾議員坐著木椅，我老爸和彈珠王護著他，防他滑到椅下，防他傾倒。麥克風的支架降低，鍾議員湊近，只能含糊說：

「各位，鄉親、父老、兄弟、姊妹，大——家好。」他只能反覆說著：「大家好，好，好。」

臺下，靜悄悄。

媽祖廟廣場，飄浮著烤香腸的煙氣和小吃攤的熱熱水氣。

雨已停歇，似乎也讓聽眾更為難，他們不知要等候多久，才能聽到政見，若落雨轉劇，他們便有充足的理由離場，可惜「天公不做美」，他們只好四處張望，觀看旁人的動靜；只好仰頭看夜色，看星光閃爍，就是不忍多看一眼湊近麥克風，卻講不成一句話的鍾議員。

秋月姨也在這時出事了。

她響脆的嗓子，在一刻鐘變得粗啞，像被砂紙磨過的唱片，發出嘎嘎嘎的聲音，好嚇人。

怎會這樣？

大家原以為她在街頭巷尾奔走、助選拉票，用嗓太多，這兩天又受風寒，傷了喉嚨。直到我提起那碗綠豆湯，大家才感到不對勁。媽下臺後，只想喝水，她沒喝那碗熱騰騰的綠豆湯，是秋月姨代喝，一口氣喝得碗底乾淨。

在媽祖廟內，她的嗓門已有異樣——越說越啞，喉頭發癢，又連喝兩杯熱茶，回到競選總部，只剩嘎嘎嘎聲音。白蓮社板仔店阿塗師急得跳腳，一口咬定：

「鴛鴦的聲勢看好，有人來下毒手啦！沒毒到她，害到我們助選主將秋月，真可憐，她原本的聲音多好聽，現在？這種步數我聽過，有一年，兩個歌仔戲班『拚臺』，那個小生也是喝人家一碗雞湯，下了指甲灰的雞湯，半個月沒聲音。捧綠豆湯來的女人是誰，我們一定要把她抓出來。」

我只記得那件風衣型的紅色塑膠雨衣，記得她戴得低垂的紅色圓帽和帽沿的水滴，根本想不起她的相貌。一個晚上拜託那麼多人，見過那麼多張面孔，我真的不記得誰和誰。

「秋月是我們競選總部最有力的『放送頭』（廣播器），現被人破壞，不加緊『運動』（宣傳），是不可以的。大家好心，就讓我辦個板仔義賣會。鴛鴦在政見發表會的熱場，大家都看到了，當選的機會這麼大，最後幾天，我們再散發兩次傳單，再衝一下，就衝上去了。」阿塗師說。

堅強的秋月姨，哭得傷心。

我媽勸她：「會好起來的，你的金嗓子會復原特別快，免煩惱。你已經盡心盡力幫助我，就算我落選，也一樣感謝你，半點不敢怪罪你。」

秋月姨的口不能說，但耳聰目明，聽我媽這一說，哭得更不可收拾，她淚眼迷濛，摸來紙筆，寫：

「鴛鴦姊，對不起，我不該喝下那碗綠豆湯，應該把它整碗倒掉，對不起。」

秋月姨沒怪罪那位不知誰派來的神祕紅雨衣女人，還怪自己太大意，沒有防人之心。我看了更難過，她怎不怨天尤人，而只怪自己？

板擦安慰她媽：「一定會好起來，跟以前一樣，不然，你以後怎麼罵我。」

我和板仔、瓦歷斯也勸她多喝枇杷膏，多吃澎大海，告訴她，我們一定會把選區內每一戶人家都跑遍，比郵差還努力。

對阿塗師的熱心義賣，秋月姨不笑了，她寫：

「只要總幹事同意，我沒意見。」

我爸的「總幹事」，純粹掛名，他神龍見首不見尾，問他，還怕不好找人咧。我代表「義勇童軍助選團」說：

「我們贊成義賣板仔，不必等我爸，他送鍾議員到醫院去，不知忙去那裡了。」

鍾議員二度中風消息，全洄瀾港的人都知道。這回，爸更走不開，他同不同意義賣板仔，其實都幫不上忙。

阿塗師說：「好了，就這樣。我們進去挑選一具，讓大家看得最滿意的一具，我再整修美化一下，看頭好一點，賣個好價錢。這款義賣會，絕對轟動武林，驚動萬教，全場燒滾滾。」

「鴛鴦還可以再發表政見，將爭取設立殯儀館的事，詳細說一遍。沒有殯儀館，喪家在路邊搭棚，阻礙交通也沒衛生，這點要說清楚。」

媽媽挽著我和瓦歷斯的手腕，走進長長的白蓮社板仔店火車屋。阿塗師在前引路，將一屋子的吊燈，一盞盞開亮。

我們集體走過兩節工作間、天井院落、神明廳，我告訴媽：「這裡很乾淨，也很安靜，沒什麼好怕。」我們走過起居室、兩節睡舖房間、晒衣院落和廚房燒水間，來到板仔倉庫間，「我們就在這裡寫功課，好專心。」

「喔，你們都長大了，比媽媽的膽子大。」

我們像參觀美術館的觀眾，看著一具具赤紅、艷黃、黑黑的「板仔作品」。看這些基本造型相似，其實材質、大小和厚薄仍有不同的手工藝品。我

們是一群高水準的觀眾，在阿塗師導覽介紹中，只欣賞，不碰觸。尤其看到小小的孩童棺和難產婦人所用的母子棺，媽媽的手牽得我好緊。我知道她並不害怕，只是感慨。

我們競選總部所有人，並肩靠在一起。能這樣健康活著，一起努力，正經做事，做一件有意義的事，或把一件事做得有意義，誰說不叫福氣？

一家人在一起，朋友在一起，除了「活著真好」，不也是這樣？

我聽見爸的腳步聲，快速而沉穩的腳步，再遠我也聽得出來的腳步聲。我還在想著：「這時候，爸沒缺席，也在場，多好。」他果然趕來了。

「什麼事？」我媽問他。我讓開，讓爸站在媽旁邊。

「你們都知道了，都在挑了？」爸問。

「都在等你過來，挑一口最合適的。」媽說。

「對，上好的板仔，價錢不是問題，鍾議員競選總部剛開完會，已做成決議。」爸說。

「他要買去，贊助我們？」

「我也沒想到事情變化這麼大，鍾議員已退出選舉。」爸低沉的說。

「什麼時候決定？」

「就是剛才。競選總部在會後解散，另外成立治喪委員會，我還是他的總幹事，替他做最後一件事。」爸的眼眶泛紅。

「鍾議員走了？」我們總算聽懂了。

「大家不是在幫他挑板仔？」我爸說：「阿塗師，我們沒你內行，不必等我來挑，你自己看，挑一具上好的就可以。鍾議員的生辰日月，歿時日月都寫在這裡，你會看，明天若有好時辰，派人扛去。」

啞嗓的秋月姨靠到媽身邊，兩人啞啞的哭。媽靠著爸，爸拍她的肩，摟著說：「沒辦法的事，只能做到這樣了。亡者已去，生者仍要努力，人只要一口氣在，就是要認真打拚，家庭和事業都一樣。」爸也摟我到他身邊，說：「我們都一樣。」

沒有參考書的課外輔導。

我們停辦了三個月的遊學做功課活動，直到六年級下學期開學後，才繼續舉辦。

我、彈珠王、板仔、板擦和瓦歷斯，一樣在操場站排頭；一樣在教室坐排尾，當然了，我們沒有太多理由，不讓彈珠王參加我們的「遊學班」。

離最後一屆初中聯考的時間，剩不到五個月，我們的課外輔導——善補或惡補——加緊進行……

彈珠王的議員老爸，使用了那具「義賣板仔」。

他出了好價錢，讓「陳鴛鴦競選總部」的經費寬鬆不少，讓我們能加印一萬張傳單，租借場地搭臺，再舉行兩場「自辦政見發表會」。

媽媽能「乾淨選舉」，第一次出馬競選縣議員，就高票當選，不能不說鍾議員贊助有功。

藏放在我家倉庫的香皂和味精，沒在投票日前一晚發送，因為鍾議員「自然」退出選舉，他的競選總部，在一夜間變得冷冷清清，工作人員都解散，總部改為靈堂。

除了祭弔的人，便是前來索回贊助經費的商人，沒人想到那些香皂和味精。其實，倉庫漏水，那一箱箱東西也溼糊、結塊、融化或變質了。

啞嗓的秋月姨，在競選活動的最後幾天，不能開口；但她照樣穿著運動服、球鞋，挨家挨戶去做無言的拜託。我媽有她陪著，也撐著，一直撐到投票、開票結束。那天晚上，她在白蓮社板仔店的競選總部，對幾千人發表當選感言。我們的工作人員，包括「義勇童軍助選團」，各自回家，整整睡二十四小時才醒過來。

遊街謝票的專車，多了我爸那部紅色計程車。他開在白蓮社板仔店的「板仔專車」前面，一路放鞭炮。我們「義勇童軍助選團」跟媽和秋月姨，站在敞篷卡車上，向選民作揖、揮手、拜謝。

秋月姨的啞嗓，天天有起色，一天比一天清晰。她響亮的嗓門，成了我們

最深的懷念和最大的期待。我們每天和她見面的第一句話就是：「秋月姨，說說看。」而她按緊脖子、清嗓，每次開口都不讓我們失望。

鍾議員競選總部內牆懸掛的那張照片，不幸成了他的遺照，在他出殯那天，給高高掛在靈車車頂上。

我們停辦了三個月的遊學做功課活動，直到六年級下學期開學後，才繼續舉辦。

我、彈珠王、板仔、板擦和瓦歷斯，一樣在操場站排頭；一樣在教室坐排尾，當然了，我們沒有太多理由，不讓彈珠王參加我們的「遊學班」。

離最後一屆初中聯考的時間，剩不到五個月，我們的課外輔導——善補或惡補——加緊進行，王校長和嚴教導，仍不時陪誰誰來抽查參考書，我們照樣還得玩「參考書藏寶遊戲」。我們的音樂課、美術課和勞作課，還是被國語和數學借來調去，還是一樣有借不還。所以，我們還是看不懂樂譜，不太會唱歌，不喜歡畫圖和不太會做燈籠。

我們的遊學地點，愈來愈常在白蓮社板仔店內舉行，因為那最裡間的板仔倉庫，採光和通風都好。這裡橫擺和斜靠牆壁的各式板仔，總有特別安靜的氣氛，讓我們專心，讓我們能把功課寫得有頭有尾。也因為我們的媽媽們，沒人會再用那種幽幽渺渺的叫聲，喊誰回去。我們當然希望能考上一所理想的初中，至少有一所「吊車尾」的學校可以去報到。

下學年度，九年國民義務教育就要實施了，我們若沒一所初中可讀，不只是很麻煩、很慘。怕到時長年傷風感冒的金老師，被我們耽誤了青春，又丟了面子，他又要恨恨的說：「有人問你們老師是誰，不要說我。」

可惜的是，金老師始終不知道，在這一年，我們從真正的「課外輔導」，見到那些生死和勝敗，那些虛假和真誠，我們想得很多，學到很多。只這一年，我們長大了不少。

作者序
清流加注，俟河之清

從九〇年代開始，「社區總體營造」在臺灣各地掀起陣陣風潮。社區文化工作者在理念運行中，苦思尋索「社區居民的共同經驗」，做為情感凝聚，以便推動社區營造的種種具體項目。

在不同的時代、不同的區域，臺灣子弟當然有過一些共同經驗：漫畫書裡的四郎、真平；布袋戲裡的史艷文、怪老子；黃梅調電影裡的梁山伯、祝英台；校園民歌的清新曲調；熬夜觀看的世界少棒賽轉播……

有沒有橫跨各年代、統合各區域的共同經驗？當然有：雙十國慶遊行、各

項公職競選政見發表會，和應付各種考試的補習班。可惜這些更大範圍的共同經驗，有的政治氣息太濃厚；有的判別選擇太費神，難以凝聚情感。往往這些大型的共同經驗，包含了意志的扭曲和不擇手段，讓人在回味時，帶來不快，難怪我們要重新苦思尋索。

國民義務教育在一九六八年延伸為九年後，小學生為準備初中聯考的課業補習也宣告終結。

雖然，往後的高中聯考、大學聯考、公務人員普通考試、高等考試、留學「托福」考等等的競爭一樣存在，一樣激烈；但免除了初中聯考，讓身心仍稚嫩的孩童免去強力的課業補習，仍不失為一大美事。

事實上，包括過往的初中聯考在內，臺灣的各項考試制度所力求的公平、公正、公開，是值得肯定的，尤其在華人文化中根深蒂固的「人情因素」，就以初中聯考來看，不論你是校長的女兒、棺材店老闆的兒子、議員的外甥，都具有相等的報名資格，各憑本事來應考。

儘管這是個公平競試，但為了考取所謂「理想的學校」（大抵仍以升學率高低為評定標準），考前的準備格外緊張。於是校長、老師和家長採取填鴨式教學法，或將學生劃分為「升學班」和「放牛班」，非考試科目的美術、勞作或體育不被重視。教育督導人員明知此現象卻無可奈何。

有些孩童的人生價值因此被扭曲形塑，「升學班」的孩子喪失了閱讀的樂趣；「放牛班」的孩子早早嘗到被放棄的挫折，孩童加入了欺上瞞下、陽奉陰違的集體共犯，有多少人能擁有自覺、自省的能力，在回顧時，從那弔詭的過程有所察見？

各層級的公職人員開放競選，是民主政治的重要運作之一。代表各黨派的候選人，秉持他們的政治理念、具體政見，將自己的學識、抱負和人格，攤開在選民面前，「懇請惠賜神聖一票」，使得人民有所選擇，政治脫離專政集權。

臺灣的公職人員競選，項目繁多：鄉鎮長、縣市長、縣市議員、立法委員、正副總統……各項公職的任期不一，幾年就有選舉，每逢選舉必有政見發表會。民眾的投票經驗豐富，聚集各廣場或收看電視政見發表會的經驗，更難以計數。

因種種因素，多數人終身沒能成為公職人員候選人，但很多選民對競選過程的掃街拜票、募款餐會、出席紅白喜喪、參加公益活動、插旗幟貼海報、競選總部被砸毀，正統和一些旁門的招數，也都耳熟能詳。

做為民主時代的民眾，尤其是「未來主人翁」的青少年們，都樂以見到競選活動的君子之爭，民意訴求，甚至嘉年華會的競選方式。可惜，有些候選人偏是為求勝選，不擇手段，極盡醜陋的為民主社會演出了一幕幕錯誤示範。

於是，政見發表會不以具體政見向選民訴求，而成了揭瘡疤的謾罵會；競選看板隨意掛，口喊「提高生活品質」，而又「遍插旗幟少一竿」。透過布線綿密的椿腳系統，發放味精、香皂、手錶……等生活用品賄選。

當政見發表會成了「連續劇」型態的批鬥大會，各種哄騙的競選招數，我們敢有多大的信心，期望熟稔競選過程的民眾不受汙染，不喪失民主信念？或期勉「未來主人翁」有自覺、自省的能力，能「出污泥而不染」？

無論世事紛擾或清明；時局陰晦或開朗；人情詭異或敦厚；運命坎坷或平順，人總得培育自省、自覺的能力，抱持信念，「俟河之清」，加把勁，「不信東風喚不回」，為個人生涯能有交代，也為所處的時代有更好傳遺。

導讀

臺灣式的嘉年華會

青少年文學評論家／張子樟

專家學者談論少年小說的主要功能時，常常強調「樂趣」（pleasure）與「了解」（understanding）。所謂的「樂趣」是指讀者在閱讀時得到不同層次的喜悅與趣味，而不認為讀文學作品是件苦差事。

至於「了解」的功能，更是一清二楚，因為每本好書都能為讀者開拓新視野，發現新領域。然而文學作品的表達方式，往往不是直截了當，總喜歡稍微拐彎抹角，但也正是這種需要思考的閱讀過程，讀者可以再一次領略新的樂趣。

以這兩種功能為基準來評論《遊俠少年行》，我們發現這本書記載了臺灣某個特殊年代的特殊事件。從書中趣味橫生的敘述中，讀者除了會忍不住抿嘴而笑或放聲大笑外，借助作者深刻的剖析，還可以對臺灣六十年代的社會實況，有相當程度的了解。

「質變」與「量變」

六十年代是臺灣社會的轉型期。不同階段、類型的選舉已經實行了幾年，從「量變」開始「質變」。剛實施選舉時，候選人泰半為地方仕紳，在純樸的鄉里具有相當的聲望。這些人當選後，也腳踏實地為鄉民服務，頗獲好評。

但是，隨著社會風氣的轉變，奢侈浮華逐漸取代了節儉樸實。參選者每次都得花費大量金錢（包括送禮、買票等），而且把競選當成某種形式的投資，「質變」已經無法避免。

這種不良風氣迅速蔓延，幾乎沒有一個地方的選舉是乾乾淨淨的。當然，仍有清流之輩可以當選，但只是點綴而已。這些成人世界的遊戲，生活在其中的青少年難以全面隔絕，完全不介入。他們不知不覺捲入時，如何應對，如何掙脫，也是這本書想呈現的一面。

另一個與六十年代關係密切的，是九年國教的實施。由於籌備期間短促，實施過於匆忙，硬體設備與師資因陋就簡，九年國教的成果並不是十分理想。這項教育史上的創舉，影響層面在四十多年後的今天，依然無法定論。有趣的是，人們討論這項重大改革時，常常把重心擺在免試升學對小學生的好處上，卻忘了那一群不得不參加最後一次初中入學考試的學子。

對於這群被遺忘的學童來說，何去何從確是一大困擾。在孩子天真的心靈裡，他們參加「末代入學考試」頗有破釜沉舟的意味，一去不回頭。孩子精神壓力之大，不言可知。雖然如此，孩子的生活仍有歡樂的一面，他們懂得苦中作樂，遇到難題也自有排解之道。他們也知道，太陽明天依然升起，日子總得過，所以當年十月慶典，在孩子心目中，就是一場變調的嘉年華盛會。

時間與空間

書中談到的選舉與升學，時間是確定的，但空間卻各自不同。李潼把故事設定在花蓮自有他的想法。這座城市說小不小，說大也不大；雖比不上西部大城市的繁華，但它一直是東部觀光的重要據點，人來人往，「鄉村都市化」的味道頗濃。然而，當地人多數仍然擁有傳統鄉里的固有美德，例如：樂於助人、熱心公益等。這座融合現代與傳統於一身的小城中，居民生活型態的轉變過程，就形成故事的主幹。

作者選擇以歡樂襯托荒謬，所以一向人們諱言的「板仔」，竟然成為穿插全書不可或缺的利器。故事從它開始，也隨它結束，一場宣告人世間生死的荒謬劇，完完整整地展現在青少年面前，讓他們在歡笑之餘，對如此特殊的時空，有了相當程度的了解，對嚴肅的生死問題，也有了初步的接觸與感受。

時空的巧合，常常會改變歷史。民國五十六年，對臺灣全島的人來說，是共同的時間，但個人性格與生存空間的差異，對同一事件的反應卻不盡相同，同一事件對每個人的衝擊也不一樣。

以書中主角阿祥為例，如果他不住在花蓮市，而是生活在另一處地方，他會有不同的朋友、不同的尋求歡樂的方式。參加初中入學考試時，他的對手要是換成另一群學子，錄取機會也就不同了。

他生活的地方提供了板仔店如此特殊的空間，如此熱心樂於助人的老闆阿塗師（當然，這種行業的助人行徑是人人避之唯恐不及的），然後又湊巧碰上國慶慶祝大會與提燈遊行。這一連串的時空結合產生的事件，使這本書顯得更生動、更有趣。

狂歡化的荒謬

荒謬的年代，自然會有連續不斷的荒謬劇出現。荒謬劇的演出，必須借助於狂歡化的行為。

透過阿祥機靈的雙眼，讀者看到一幕一幕的歡笑鬧劇。在板仔店遊學做功課，絕非人人都有的經驗，阿塗師在棺材裡睡午覺，也是新鮮事。因此阿祥的媽媽被從棺材裡坐起的阿塗師嚇暈了，就成為狂歡式的必然行為。用阿塗師所謂的祖傳祕方收驚的特效藥——口水，來治療阿祥媽媽的失魂，是一種現代人難以接受的荒謬療法。但這只是荒謬情節的開始而已，緊跟著國慶大會、提燈遊行、政見發表會，都是近似廣場性質的狂歡場面。一個高潮緊隨另一個高潮，荒謬的層次不斷升高，讀者目不暇給，其樂無窮。

國慶大會是荒謬的延伸。為了搶第一個報到，小朋友就得在廣場上曬太陽。馬拉松式的沒營養演講比賽，還不如「禮成」兩個字來得有吸引力。阿祥班上發現提燈遊行準備得不如別班，臨時異想天開，借用阿塗師編好燒給死人的別墅、電視、汽車，改成其他顏色的燈籠，上街遊行。阿祥的媽媽與好友秋月，躲在由板仔車改造的航空母艦內大談選情，火把歪伸到航空母艦，一場大火營造了遊行的最高潮，但也同時終結了遊行。

縣議員選舉與學校選「自治小鎮長」，再把故事推往另一高潮。父親選議員，兒子選自治小鎮長，兩人同時都懂得撒錢買票。阿祥不齒這種賄賂行為，想出方法來制止，因為這種卑劣行為，也會影響媽媽參與選戰的成敗。

作者以巧思破解了阿祥的困境。他讓中風後復原情況欠佳的鍾議員，出現在政見發表會上，結果二度中風，「永遠退出政壇」；被雨水淋過的香皂和味精成了廢物；阿祥與彈珠王的衝突，也斷送了彈珠王選上自治小鎮長的機會。當然，讓讀者更訝異的是，阿塗師竟然捐了一副上等棺木，做為阿祥媽媽的競選籌募金。鍾議員的去世，剛好用上這副棺木，終於讓阿祥媽媽乾乾淨淨的當選議員。

曲終人散時

政治嘉年華會結束了，每個人回到自己崗位上繼續奮鬥。阿祥他們也從絢爛回歸平淡，繼續接受課外輔導，繼續在板仔店遊學。由於面對的是初中入學考試，所以副科全免了，結果「我們還是看不懂樂譜，不太會唱歌，不喜歡圖畫和不太會做燈籠。」

對於阿祥這群青少年而言，升學考試並不是最重要的，他們在意的並不是聯考的結果，而是成長過程中種種不凡的啟蒙經驗。短短一年中，他們的生命步伐是以跳躍方式向前邁進的，看盡了人生的喜怒哀樂。

誠如故事結尾時所說的：「在這一年，我們從真正的「課外輔導」，見到那些生死和勝敗，那些虛假和真誠，我們想得很多，學到很多。只這一年，我們長大了不少。」

一場人生的荒謬劇結束了，但留給讀者的，卻是無限大的沉思空間。阿祥他們之間的互動、使用的言語、金老師的口頭禪，都是大家熟悉的，曾擁有的荒謬經驗。在欣賞之餘，你或許會感慨自己生不逢時，沒能趕上這場臺灣式的嘉年華會。其實不必如此，因為各位目前生活周遭的世界，也未嘗不是正在上演著一齣一齣的荒謬劇？

導讀

真少年「愛」遊學

臺灣童書志工／洪文瓊

少年小說名家李潼先生這本新版舊著《遊俠少年行》，原是圓神出版社「台灣的兒女」系列第三冊《白蓮社板仔店》。這次小熊發行新版，將書名改為「遊俠少年行」，感覺上似乎有比較深的意涵。而也因為改換了新書名，我重讀時不自覺就聯想到王維的七絕組詩四首〈少年行〉中的詩句「新豐美酒斗十千，咸陽遊俠多少年」，進而引發我很好奇去思索新書名的用意，它有比舊書名更貼切、更能彰顯書的內容主題嗎？

「少年行」很容易理解，因為這篇作品就是寫洄瀾港（花蓮），五位最後一屆要考初中的國小六上學生的互動事蹟。他們五位自行組成一遊學團，課後輪流到各家一起做功課、一起行動，十足是「少年行」。但要稱他們為「遊俠」，不免讓人費解。遊學團五少互動經歷的事蹟夠得上稱為俠嗎？還是敢闖蕩、有闖蕩就是俠？從情節裡的五少事蹟來看，似乎談不上傳統那種行為豪邁、肝膽相照的俠氣。那五少的遊俠名究竟要如何解釋？我是從兒童發展心理學和少年小說的特質去思考，才豁然體悟「遊俠」一詞用得妙，只是不知少年讀者乃至一般人，會不會贊成這樣的理解。

依據發展心理學方面的研究，隨著年紀的增長，兒童對同儕朋友的順從，逐漸大於對父母的順從。也因為少年期（十至十五歲）這個階段的兒童有尋求「我們團體」（we group）的歸屬壓力，需要協調我和他人的觀點，開始要學從一個比較一般的觀點去評斷事情，從而少年期也開始出現公道和正義的概念。他們不再是父母眼中的「乖男巧女」，雖然還尊重父母的權威，卻無法苟同他們的看法，甚至會故意反抗作對；父母的善意建議，常被他們視為多管閒事，隨他們自由，又會被認為漠不關心，真令父母左右為難。換句話說，國小高年級、國中階段的少年，常常看不慣父母、師長的做法、想法，他們認同的是同儕，追求的是同儕死黨的歸屬感，對看不慣、看不順眼的事物，會表現不屑，乃至公開抗拒。他們會為自己的死黨、會為所屬的團體（如班級）、會為社會正義有理的事物，全力支持展現他們的「義」行。

《遊俠少年行》中的五少遊學團，就是一個同儕團體，他們對父母師長的想法、做法，常常有所批判。李潼就是以第一人稱「我」（五少之一的黃睿祥）來說故事，透過黃睿祥的眼睛，把他自己與另外四少，在不到一個學期內所共同經歷的荒謬事件呈現出來，同時對他們那個世代的大人（五少的父母，學校的老師、教導、校長，議員、政府長官）的看法和作為，表露不屑、不恥、不解或不認同。遊俠行徑本質上就是一種磨練、一種學習，少年課外遊學猶如遊俠，少年期不多往外見學，豈不「枉費」少年。現代的社會不也是鼓勵年青人「壯遊」（Grand Tour）嗎？

李潼在《遊俠少年行》中，藉少年阿祥叛逆期的眼光，反諷當時大人世界存在的一些醜態行為，貼切如實寫出處少年期主人翁的心態。他筆下的五少是非虛假的「真少年」，真少年應該多遊學，李潼在結尾點出「在這一年，我們從真正的『課外輔導』，見到那些生死和勝敗，那些虛假和真誠，我們想得很多，學到很多。只這一年，我們長大了不少。」正是他對少年多做遊俠行的期許，也是他個人少年期的真實寫照。

近些年個人參與閱讀研習活動較多，又鑑於台灣翻譯的外版童書泛濫，我特別著力在鄉土童書的推廣。由於實務的需要，口袋中常要累積一些適切的導讀用書，因此好的鄉土少年小說，常成為我關注的目標。撇開寫作技巧，鄉土少年小說我最重視的是文本中所寓含的鄉土質素濃度和真實度。李潼這本

《遊俠少年行》的舊版，原本就是我個人口袋中鄉土少年小說列五星級的優選書單之一。這篇作品不論是鄉土質素濃度或真實度都是頂級，它的背景是九年國教實施前一年（一九六七）的洄瀾港（花蓮），那時花蓮仍是一個樸素的小鎮，天山戲院、燕聲電台、板仔店、長長的火車屋、阿美族的高腳屋等都還存在著。情節裡小學生考初中要參加補習、學校為提高升學率把音樂美術改上國語數學（算術）、督學到學校巡視時師生配合藏參考書、國慶要舉行慶祝大會和遊行、受驚會找師公（道士）收驚、選舉送香皂或味精買票等等，都已成那個世代共同記憶的鄉土。其中李潼對白蓮社板仔店長長火車屋十二節配置的描述，尤其是樣品間各式棺材、板仔倉庫間擺放介紹，更是民間技藝的鄉土，除了讓讀者驚訝傳統棺材老店竟然有如此的規模，增加對傳統一條龍式火車屋認識外，似乎也讓人對棺材解除恐懼，對老式殯葬多一份尊重與理解。而有關迎空棺和收驚的介紹，則是幾乎已經消失的民俗。李潼這一部作品觸及鄉土質素多且實，尤其是融入有趣的情節中介紹，更為難得，這也是我把它列為五星級鄉土少年小說的原由。

出色的作家都有自己獨特的語言風格，李潼當然不例外。李潼在作品中喜歡夾用台語是他的語言特色之一，基本上他都是採詞彙融入式的，比較少整句使用。這一篇因為題材涉及鄉土的關係，夾用台語我覺得特別豐富。他夾用台語，除有些不容易理解猜出的會加註，例如「放送頭」（廣播器）、「運動」（宣傳）、「雨神」〈蒼蠅〉等外，通常都用音義近似的國字表示，例如「你還不回家是不？」、「派你來做亂，亂給我死？」、「我專程請假過來回失禮」、「掃帚給我舉來」、「全是話。給我差不多一點」等。而可能由於這篇的背景、題材是花蓮老字號板仔店（棺材店），李潼把有關棺材或死方面的禁忌性台語俗諺語，都很適切融入作品中，例如不說「棺材店」而說「板仔店」；誰的名字給在板仔店叫喚，絕不可回說「我在內底」，最不得已只能說「外口等」；在板仔店內聲音不能太大（會吵死人），也不能說「怎麼這麼重？」（重死人）。「內底」、「外口」是道地的台灣話，相對於國語的「裡面」、「外面」，「在內底」是指躺在棺材裡，隱喻死的意思；而聲音不能太大和不能說怎麼這麼重，都是歇後語型隱喻死的說法。懂得台語的人，相信閱讀時都會感到多了一層親切的鄉土味。有研究興趣的讀者，不妨試著去找出這篇作品中，李潼夾用了哪些台語，看看改成國語是否會走失一些味道。這是一種樂趣，說不定還會增加您的語言使用能力呢！

文學營

遊俠少年行

作　　者：李潼
繪　　圖：oodi
總 編 輯：鄭如瑤
文字編輯：許喻理
美術編輯：王子昕
印務經理：黃禮賢

社　　長：郭重興
發行人兼出版總監：曾大福
出版與發行：小熊出版．遠足文化事業股份有限公司
地　　址：231 新北市新店區民權路 108-2 號 9 樓
電　　話：02-22181417
傳　　真：02-86671065
劃撥帳號：19504465
戶　　名：遠足文化事業股份有限公司
客服專線：0800-221029
E-mail ：littlebear@bookrep.com.tw
讀書共和國出版集團網路書店：http://www.bookrep.com.tw
Facebook：小熊出版

印　　製：成陽印刷股份有限公司
法律顧問：華洋國際專利商標事務所／蘇文生律師
初版一刷：2016 年 8 月
初版二刷：2020 年 7 月
定　　價：250 元
ISBN：978-986-93305-4-1

國家圖書館出版品預行編目（CIP）資料

遊俠少年行／李潼作 ；oodi 繪圖.　--初版.
--新北市：小熊出版：遠足文化 發行,
2016.8 面；　公分.

ISBN　978-986-93305-4-1（平裝）

857.1　　　　105011888

小熊出版讀者回函